ラルーナ文庫

仁義なき嫁

高月 紅葉

三交社

CONTENTS

Illustration

桜井レイコ

仁義なき嫁

本作品はフィクションです。
実際の人物・団体・事件などにはいっさい関係ありません。

母屋の座敷が次第に賑《にぎ》やかになるのを感じながら、新条佐和紀《しんじょうさわき》は鏡の中にぼんやりと映る景色を眺めた。

おしろいを淡く乗せた肌。頬紅《ほおべに》がほんのり染めた輪郭は華奢《きゃしゃ》で、日本髪のかつらをすっぽりと覆う綿帽子の白さを繊細に見せている。

最後につけた真っ赤な口紅が、新雪に落ちた椿《つばき》の花びらのように艶《つや》めいていて、花嫁には不似合いじゃないだろうかと気にかかる。

部屋に忍び込んできた冷風に、佐和紀は鏡の中で視線を向けた。

「寒いと思ったら、雪だわ」

障子をわずかに開いて外を覗《のぞ》いた京子《きょうこ》が声をあげた。

「祝言の日に雪が降るなんていいじゃない」

そのまま戸を大きく開くと、暗い庭先に部屋の明かりが差し、大きな雪片が風に舞い落ちていくのが見えた。地面や木の枝を白く埋めていく。

「牡丹《ぼたん》雪ですねぇ」

佐和紀の花嫁支度を整えていた老婆がにっこりと微笑《ほほえ》んだ。

「口紅の色は京子さんのおっしゃる通り、真紅がよくお似合いになりましたよ」

「あら、できた？　どれどれ？　見せてちょうだい」

黒留袖の襟を大胆に抜いた着こなしの京子は丁寧に結い上げた夜会巻きに手を当てながら、開けた障子をそのままにして足早に近づいてくる。鏡を覗き込むなり、ハッと息を呑《の》んだ。

「すごいわ。おたつさん、さすがね」

「いえいえ、京子さん。花嫁さんの元がいいんですよ」

鏡の中の佐和紀は褒められてもにこりともせず、二人の視線を鏡越しに受け止めた。

「本当に、男にしとくのはもったいない美形っているのね」

「こんなに綺麗《きれい》な方は最近じゃ芸者にもいませんよ」

背筋がしゃっきりと伸びた老婆ははきはきと話す。元々は芸者なのだろうか。その耳触りのいい温和な声に重なって、板敷きの廊下を踏む足音が襖《ふすま》の向こうで止まった。

「準備はどうだ」

低い男の声に、京子が入ってと答える。

「雪が降ってるぞ」

襖が豪快にがらりと開いて、恰幅《かっぷく》のいい黒紋付姿の男が入ってくる。髪をオールバックに撫《な》で上げ、目つきの鋭さに筋者特有の色があった。横浜一帯を取り仕切っている大滝《おおたき》組若頭の岡崎弘一《おかざきこういち》といえば、関東はおろか関西までも名が通る極道者だ。

「見てたのか」

「部屋が暑くなってきたから換気したのよ。それより、見てよ。驚くわよ」

京子が夫を手招きで急がせた。

四十半ばの岡崎は、五歳ほど年若い妻に言われるまでもなく白無垢《しろむく》の脇《わき》から無遠慮に鏡を覗き込んだ。

「佐和紀、なのか」

一瞬、呆然《ぼうぜん》と言った後でまばたきを繰り返す。

「これはすごいな」

「すごいでしょう。ここまで化粧映えするとは思いもしなかった」

「これなら、誰《だれ》も気づかないんじゃないか」

「……周平《しゅうへい》さんも気づかないかもしれないわね」

その言葉に、岡崎はもう一度じっくりと佐和紀の顔を観察する。

「そうだな。ありえるな」

「それにしてもねぇ、あの人も変わってるわ。身を固める条件が男との結婚だなんて。組長もそれでいいって言うんだから……どうなのよ」

「いまさら言っても始まらないだろう。あいつに組を支えてもらいたい気持ちは俺も同じだしな」

「まぁ、周平さんが次期組長の座を狙《ねら》ってないってことは、周りも納得したでしょうね。こういう証立《あかしだ》ての方法もあるのねぇ」

男の世界にズケズケと口出しをして、気にもかけずに首を傾《かし》げているのは、京子が大滝組組長の娘だからだ。

鏡の中に映る二人を見ていた佐和紀は、おたつと呼ばれた老女が自分を心配している気配を察して視線を向けた。いつもかけている眼鏡《めがね》をはずしているので視界がぼやける。今日はあえて裸眼を選んでいた。居並んだ客人たちに男の花嫁として見世物扱いされるのだから、周囲を見ないで済むのが一番だ。

「帯が苦しいんじゃない？」

「いいえ」

「あんたもなんだって、こんな……」

おたつは小声でつぶやき、岡崎と京子を気にする。

「他に生き方もあっただろうに」

男の身で、これから極道との祝言を挙げる佐和紀に対する同情を隠そうとせず、わかってはいるが言わずにはいられない顔で息をつく。元が芸者だったなら、こうなってしまった理由のひとつやふたつは思い浮かぶのだろう。

だが、そのどれもが的をはずしている。

「ありませんよ。自分で選んだ道ですから」

佐和紀は整えられた柳眉《りゅうび》をぴくりとも動かさないで答えた。鏡の中の京子と岡崎が顔を向けてくる。

「そいつは心配しなくてもこっち側の人間だ。元から極道なんだよ」

「それは」

信じがたいと眉《まゆ》をひそめるおたつを京子が笑った。

「本当よ。こおろぎ組の唯一の組員」

「まぁ……！」

おたつは目を丸くして、それから佐和紀をしみじみと見つめた。

「組長はお倒れになったんですってね。私がまだ芸者だった頃は、ご贔屓《ひいき》にしてもらったんですよ。昔はこおろぎ組といえばみんな喜んで道を開けたものでしたけど」

「時代なのよ、おたつさん」

京子はあっさりと言った。

佐和紀は感慨のない目をひっそりと岡崎に向ける。

こおろぎ組は土木業で生計を立てる一家で、戦前に、博徒集団だった大滝組の傘下に入った。戦後は当時の組長の仁義を通す生き方が信望を集め、大滝組と肩を並べるほどの大所帯になったのだが、度重なる暴力団との抗争で人が減っていき、ついには本業の土木工事も請け負えないほど落ちぶれた。大滝組が拡大していく陰で、犠牲を強いられて衰退の一途をたどった組だ。

今では、構成員も佐和紀一人しかいない。

それでも数年前までは、まだ数える必要があるぐらいには、構成員が在籍していた。

その一人が、現在は大滝組若頭を務める岡崎だ。

佐和紀の視線を受けて動じることもない、かつての兄貴分はわずかに目を細めた。

「それじゃあ、組のために」

佐和紀の身の上を察したおたつの言葉に、

「それ以上は言わないでやって」

京子が静かに声を重ねる。

こおろぎ組の組長・松浦《まつうら》が脳梗塞《のうこうそく》で倒れて数日後、見舞いにやってきた岡崎に佐和紀は、組を存続させるために人身御供にならないかと誘われたのだ。

身寄りのない佐和紀にとっては松浦が父親同然であり、オヤジだけは『組長』として死なせてやりたいと常日頃から願っていた。

だから、人身御供の内容を聞いても、動じることなく受けると即答した。

組のためになるなら、自分のことはどうでもよかったからだ。

それがたとえ、大滝組若頭補佐の『嫁』になることでも異存はない。

「彼に無理をお願いしたのは大滝組の都合なのよ。言い替えれば、足元を見るような汚いやり方だわ」

「まぁ、京子さん、そんな言い方をしちゃ叱《しか》られますよ」

ずばりと言う京子におたつが慌てた。岡崎の方をちらちらとうかがい見る。

「まぁ、筋の通ったやり方じゃないのは確かだ。せちがらい世の中ですよ。さて、そろそろ時間だな。俺は先に行く。次は料理の確認だ」

「若頭はお忙しいこと」

京子が笑って、追い払うように手を振った。

「人使いが荒くて困るよ」

そう言いながら佐和紀の肩にぽんと軽く手を置いた岡崎が部屋を出ていくと、京子はおたつも下がらせる。二人きりの部屋はしんと静まり、ストーブの音だけがやけに大きく聞こえた。

大滝組は昔ながらの世襲制を名目上は守っている。

次期組長候補には嫡子ではない血縁が据えられていて、補佐役の椅子《いす》を巡る水面下の熾《し》烈《れつ》なやりとりは噂《うわさ》になっていた。それでも組長の娘と結婚した若頭の岡崎がダントツで優位なのは決定的だ。

そこにぶつけるための神輿《みこし》に乗せられようとする岩下《いわした》周平という男は、よっぽどデキる人物か、よっぽど扱いやすい人物かのどちらかということになる。

岡崎の話では、女に困ったことのない男前で、正攻法からえげつないやり方までその場に応じて使いこなせる機転と胆力があるらしい。

若頭補佐の周平を次期組長に推したい幹部たちから独身であることに目をつけられ、自分たちの息のかかった女性との結婚を画策されて辟易《へきえき》し、『男同士の結婚』を考え出したというが、佐和紀には理解できない。

女好きなのに男をわざわざ選ぶような悪ふざけをする人間だから、大滝組の組長なんてとても務まらないし、そんなだいそれた席を狙ってもいないというアピールなのだろうが、それにしたって他に方法はあるだろう。

疑問をぶつけた佐和紀に、岡崎は「悪いようにはさせない」と笑っただけだった。

いくつもの組をまとめる上部組織である大滝組では、佐和紀なんかが想像もできない複雑な『政治』が存在するのだ。おそらく岡崎と周平の間には意思の疎通があり、ちゃんと意味のある、筋の通った行為なのだろう。

どう考えても、そう納得するには苦しいのだが、佐和紀は弱小組のチンピラらしい考え方ですべてを切り捨てた。考えてもしかたのないことに頭を使っても、答えを出すための脳みそなんてないのだから、無駄なことはほどほどにしておく。

佐和紀にとっては、組の存続が叶《かな》う上に松浦の治療費を賄えるなら、道理をまげて極道に嫁入りするぐらい簡単なことだ。在籍するこおろぎ組の松浦組長が承諾していれば、なんの問題もない。

「さて、用意は整ったわ」

降り止《や》まない雪を縁側まで見にいった京子が振り返る。

白無垢に綿帽子姿の佐和紀は身軽に動けず、ゆっくりと立ち上がって向き直った。

「今日からあなたは私の妹分になるわね。言っておくけど、私はあなたが嫌いじゃないわ。手段は選ばないけど、昔気質《かたぎ》を貫こうとしているところなんか特に好きよ。だから、あなたも今日からは私を姉だと思ってちょうだい。いいわね」

佐和紀は静かに、匂《にお》い立つような美しさの白い顔をあげた。くちびるに差した赤より赤い真紅が鮮やかだ。京子の表情がふっと和らぐ。

「私の妹分でいる限りは、この組の中であなたに文句をつける女はいないわよ」

黒留袖の裾《すそ》をはためかせて大股《おおまた》に近づき、おしろいをはたいてある佐和紀の手を摑《つか》んだ。

「今日から大滝組があなたの家よ。こおろぎ組のことも組長のことも心配ないわ」

「噂はお聞き及びじゃないんですか」

佐和紀が感情なく問いかけると、京子の表情がわずかに曇った。

こおろぎ組に拾われてヤクザになる前から、佐和紀は顔とは似合わない凶暴さを発揮して群がる男たちを蹴散《けち》らしてきた。

肉を食いちぎられた男がいると噂が出回り、綺麗な顔よりも『こおろぎ組の狂犬』という名前が売れ出したのは、まだ岡崎も組にいた頃だ。

その当時からこおろぎ組は、佐和紀の凶暴さと美貌《びぼう》の評判とであやうく存続しているような団体だった。

岡崎が他の構成員を連れて組を抜けた後、実入りのないこおろぎ組の二人が生活していけたのは、数人の大滝組幹部からの援助があったからだ。

そこには岡崎も含まれている。

「聞いてるし、わかってるわ」

京子は視線をそらして息をついた。

岡崎と佐和紀の間に漂う秘密の匂いを見抜けないほど、京子はぼんやりした女ではないはずだ。

幹部たちと佐和紀の間で取引された『代償』にも薄々気づいているのだろう。

「わかっていて、俺を受け入れるのは理解できません」

誰とも寝てはいないが、身売り同然のことはしてきた。

京子の『わかっている』という口調の苦々しさには、すべてを察している響きがある。

自分の旦那《だんな》が『代償』を得る代わりに援助したことを承知していながら、佐和紀を妹分として扱うと言うのだ。

それはすべてを知った上で岡崎の斡旋《あっせん》を受けて結婚する周平の事情とは違っている。

佐和紀と周平はまだ他人で男同士だ。

でも、京子と岡崎はすでに夫婦で、そして男と女の関係にある。

女の気持ちが理解できない佐和紀へと視線を戻した京子が口を開いた。

「私は岡崎弘一の妻よ。極道の妻だわ。あの人は自分のお手つきを弟分に回すほど性根の腐った男じゃないわよ。まぁ、最後までいってないだけかもしれないけど、細かいことはこの際かまわないことにしたの」

「この際」

「そうよ。周平さんが拒絶したニューハーフの子を妹にするより、よっぽどいい。顔、いじってないいんでしょ。うらやましい。私は目と鼻をしてるの」

「その程度の直しで済むなら、元がいいんですよ」

佐和紀は思ったままを口にする。京子が朗らかに破顔した。

「そういうところがいいわね、あなた。とにかく、周平さんは整形して美人になった男は嫌だって言ったの。いないと思ったんでしょうね、天然で女より綺麗な男なんて」

「岡崎、……さんが浮気しても気にならないんですか」

「なるわよ。でも、私を捨ててまで誰かには走らないでしょう。浮気は浮気なのよ。夫婦ってそんなものよ」

それは本気になってしまったときの京子の怖さを、岡崎が十分に想像できるからなのだろう。佐和紀はそう思ったが、京子が口にしないので重ねて尋ねるようなことはしなかった。

「そんな夫婦にはなれそうもないですが」

結婚といっても名ばかりなのか、本当のところは誰にもわからない。岡崎たちでさえ、今夜、周平が佐和紀を抱くのかどうか予想がつかないのだ。

同性愛嗜好《しこう》が本当なら、今夜の床の中で拒む権利は佐和紀にない。

「岩下には会ったことがないんです」

大滝組の末端に位置しているこおろぎ組の下っ端が、おいそれと顔を合わせるような相手ではない。しかも岩下は、こんなバカげた条件を呑んででも組長が手元に置きたいと思うほどの器だ。

出世街道をひた走っている極道界のスーパーエリートに比べれば、佐和紀は土木業くずれのチンピラでしかない。

これがうまくいけば、一種の玉《たま》の輿《こし》になりうる。一生を幹部たちの小間使いで終わるよりは、やり方次第でいくらもマシな話だ。

「聞いてるわ。顔は見たことあるでしょう。男前よ。両刀だとは知らなかったけど」

そう言って、京子は本人を思い出したように笑った。

「それに、床上手って噂だから」

「ご存知なんじゃないんですか」

「まさか！　嫌ね。自分の食べ残しを妹に押しつける真似《まね》はしないわよ」

「似たもの夫婦なんですね」

佐和紀は視線を障子の向こうへ投げた。牡丹雪は降り続き、どんどん景色を白く染めていく。

「そうね。人がいいでしょう？」

冗談のように言うが、確かに京子と岡崎は息の合った夫婦だ。

「心配しなくても、周平は同性愛者じゃないわよ」

眼鏡がないせいでうつろな目になる佐和紀を、京子は憂鬱《ゆううつ》になっていると勘違いしたらしい。心配そうに覗き込んでくる。

「それとも」

かけていない眼鏡のブリッジへと指先を伸ばしかけた佐和紀は、ふいに明るさの戻った声へ目を向けた。女が笑っている。

「何もされないほうが、プライドを傷つけるかしら」

「それはないですよ。京子姉《ねえ》さん」

佐和紀はやっと笑顔になって答える。真顔のときは冷たい印象だが、笑うと途端に大輪の牡丹の端麗さに変わる。

「ストレートでも落ちるような気がするわ」

こめかみに指をあてた京子が、首をひねって唸《うな》り声をあげた。


古参の幹部が謡いあげる『高砂《たかさご》』に耳を傾けながら、佐和紀は三々九度の酒がやけに回るのを感じていた。

謡いを聞くと、風呂《ふろ》に入るたびに必ず漢詩を吟じていた松浦を思い出す。

この結婚を松浦は反対したが、結局は頭をさげて懇願した岡崎に負けた形で承諾した。

佐和紀がどうやって活動費の援助を取りつけているのか、黙っていても松浦は知っていただろう。いつまでも美貌で金を引っ張れるとも思っていなかったに違いない。人は皆、対等に年を取り、そのたびごとに衰えていく。

一緒に暮らし始めた頃、松浦は躍起になって佐和紀の手に職をつけるように仕向けた。だが、直《じき》にあきらめた。美しすぎる容姿が平凡な暮らしを許さないことに気づいたからだ。

佳人といって差し支えのない佐和紀が、たとえ職人と同じことをやってのけても周りが扱いに困る。男ばかりの職場に放り込めば、ホンモノの女が入り込むよりも厄介な事態を引き起こすばかりだ。

結局、佐和紀の暮らしはほとんど変わらなかった。暴れ回り、カモにできる男から金を引っ張ってシノぐ。それでも組に入るまでの暮らしと一番違っていて、佐和紀の心を穏やかにさせたのが松浦との生活だった。

時にやりすぎを叱られ、ケガを心配され、誕生日を祝ってもらったこともある。

忘れられないのは、二人きりの組になった初めての夜のことだ。

もう解散すると言われることに怯《おび》えていた佐和紀に気づいたのか、松浦は安酒の一升瓶を抱えて河川敷へ行こうと誘ってきた。その夜の月は、細い三日月で、二人は並んで一升瓶から直接に酒を飲んだ。

松浦は静かにぼんやりと言った。出ていった人間を恨むでもなく、一人残された佐和紀を慰めるでもなく、ただ酔った目で川向こうを眺めて言った。

おまえに看取《みと》ってもらうことになりそうだ。

そう、しわがれた声で言い、佐和紀の返事は必要ともしなかった。二人はただ並んで酒を飲み続け、一升瓶の中身がなくなった後はふらふらと家に戻って寝た。

金屏風《きんびょうぶ》の前に座った佐和紀は続いている『高砂』を聞きながら、視線を落としている先の自分の手が小刻みに揺れていることに気づいた。老いぼれていながらよく響く声に泣けてくる。

言祝《ことほ》ぐことなど何もない婚礼だ。

隣に座る周平はまだ一度も佐和紀の顔を見ていない。佐和紀からも、正座している袴《はかま》の上に置かれた拳《こぶし》が見えるだけだ。

京子に手を引かれて上座に座ったとき、居並ぶ幹部たちはざわめいた。こおろぎ組の狂犬が現れたからでないことは、次々に聞こえてくる感嘆の声と吐息でわかった。

これでまず、ひとつ仕事を終えたと佐和紀は安堵《あんど》した。客たちに、女と結婚するのと変わらないと思わせることができたなら、こんな証立てを選んだ岩下の面子《メンツ》も少しは保たれるはずだ。

震える指と指をかすかに重ねると、自分の指が凍えているように冷えていて、心の奥まで寒くなる。

佐和紀は女を好きにならずに生きてきた。

生まれが違っていれば素直に同性愛者として、男を好きになっていたかもしれない。下手な生まれ方をしたせいで、どちらにも行けず、結局は好きでもない男に触れられ、そして生きるために触れてきた。

身体《からだ》を開いたことがないのは、まっさらな方がいつか高く値がつくと思ったからだ。そして気がつけば四半世紀が過ぎた。

今夜、周平に抱かれるのか。そう思いながら、佐和紀は懸命に隣に座る相手の顔を思い出そうとした。でも、それは無理だ。

おしろいで白く染まった手の甲に、涙が一滴だけこぼれ落ちた。

不覚だと思った。冷えた肌に落ちた涙は驚くほど熱い。佐和紀は細く長い息を吐き出した。

松浦のためだけに生きる季節は終わったのだ。確かに。

これからはこおろぎ組に籍を置きながら、言葉も交わしたことのない岩下の妻として生きていかなければならない。

佐和紀はじっと時が過ぎるのを待った。二粒目の涙は意地でもこぼさなかった。

披露宴が終わり、来賓来客の送り出しは周平だけがおこなった。その間に佐和紀はずっしりと重い正絹の白無垢を脱いでかつらをはずし、風呂に入る。

まるで儀式のように化粧を落とし、京子が用意した羽二重の白い着物を身につけた。死装束だと、鏡に映った自分を見て笑ってしまう。それを覗いていた京子にも笑われ、バツの悪い思いをしたが、さらに笑って返した。

周平とは基本的に大滝組組長の屋敷の離れ座敷で暮らすことになっている。落ち着くまでしばらくはここで暮らし、それからのことは二人の采配《さいはい》に任されていた。

京子と岡崎も同じ敷地の別の離れで生活しているが、外にマンションと別荘を持っているらしい。だから、佐和紀と周平も外にマンションを買うなり借りるなりしてもかまわないし、このまま、ここに住み着いてもいいのだろう。

部屋に案内されると、布団が二つ並べて敷かれていた。ぴったりと間がくっついていて、枕元《まくらもと》にはご丁寧に漆塗りのティッシュケースと水差しが置かれている。あからさまに『初夜』の部屋だ。

京子は去り際に、無体なことをされたら逃げてきなさいとだけ言い残した。佐和紀を男とも女とも決めていないようだが、戸惑っているからではなく、自然とそうなっているらしい。物事にこだわらないところが、不思議とさっぱりした人だ。

ある意味で天真爛漫《てんしんらんまん》な京子の性格に、緊張しきっていた佐和紀の心は少し落ち着きを取り戻した。

一人きりで寝室のどこに座るべきなのかも決められず、しばらく和室の四隅をぐるぐると回った後で、障子を少し開いて外を見た。優しい桃色で花弁の多い乙女《おとめ》椿が咲いている向こうは、竹林になっているのだろう。障子にもたれて目を閉じると、闇《やみ》の中で笹《ささ》の触れ合う音が聞こえた。

そうしているうちに眠っていたらしい。夢も見ずに覚醒《かくせい》して目を開けると、そこに男が座っていた。

ずっと眺めていたのか、ビールの缶を片手にあぐらを組んでじっと佐和紀を見つめている。障子は閉められ、佐和紀の身体は綿入れ二枚で挟むように包《くる》まれていた。

「失礼しました」

その綿入れを剝《は》ぎ取って投げ捨て、佐和紀は飛び上がらんばかりの勢いで平伏した。

「お初にお目にかかります。こおろぎ組の新条佐和紀と申します。以後、よろしくお願いいたします」

うたた寝から目覚めたばかりで場違いな挨拶《あいさつ》をしたと気づいたがもう遅い。

頭の上から笑い声が聞こえた。

「今日から岩下佐和紀を名乗れよ。俺が周平だ」

顔をあげろと促されて身体を起こすと、おもむろにあごを摑まれた。

眼鏡の奥の瞳《ひとみ》にまっすぐ射抜かれる。佐和紀は動じることもなく視線を返した。裸眼のままだから、近づいてやっと、周平の顔がまともに認識できた。

確かにパーツの整った男前だ。

「こおろぎ組の狂犬っていうから、どんなのかと思ったら、男にしとくにはもったいない美形だな。本当に、穴は開いてないのか」

「ありますよ。別のなら」

佐和紀はさらりと答えた。

「それはそうだ。悪かったな」

周平もあっさりと笑い飛ばし、足を崩すように言ってビールをあおった。

白い羽二重の着物は佐和紀と揃《そろ》いだ。

でも周平には肩幅がある。胸板も厚く、華奢な佐和紀からすればうらやましいほど精悍《せいかん》な顔立ちの美丈夫だ。かけている眼鏡が極道臭さを薄めていたが、その奥にある瞳はやっぱりヤクザ者特有の鋭さを秘めている。目つきが悪いのではなく、目元の凛々《りり》しさの中に刃物のような危うさが隠れている。

「組長の様子はどうなんだ」

「半身に痺《しび》れが残っていて。リハビリで少し良くなるといいんですが」

「ふぅん。そうか。まぁ、思う存分させてやるといい。金の心配はするな。俺がいくらでも出してやる」

「……あの」

佐和紀はみっともないことを承知で、おずおずと声を出した。周平の目が向く。

「するんですか、しないんですか」

ちらりと布団へ目をやって尋ねる。

「それは俺がホンモノかどうかってことか？ 俺の得意分野は二十歳《はたち》前後の美少年か三十代の美女だ。おまえはぎりぎり微妙だな。ついてんだろ？」

披露宴で散々飲まされて周平はかなり酔いが回っているらしい。口調はしっかりしているが選ぶ言葉が乱暴だ。それとも元からこういう男なのか。

　佐和紀には情報がなくてわからなかったが、今からセックスをしたところで使いものにならないんじゃないかと思った。それぐらい泥酔しているだろう。アルコールの匂いで、素面《しらふ》の佐和紀はむせそうになる。

「じゃあ、私は寝ます」

　あっさりと頭をさげて布団へ向かおうとした腕を掴まれる。佐和紀は肩越しに振り返った。

「なんですか？」

「初夜だろう」

「はい」

「することしとかなきゃ、後が面倒だ」

「そうですか」

　がっくりと肩を落として、佐和紀は息をついた。

「口紅、つけときゃよかったのに」

　周平が飲み終えたビールの缶を雪見障子の向こうに投げ捨てた。両手で佐和紀の顔を掴む。あからさまな検分に思わずしかめそうになった眉根を開く。

　一瞬で入り込んできた冷気に、うたた寝から醒《さ》めたばかりの肌が震えた。それをどう思ったのか、立て膝《ひざ》で座る周平は苦みばしった顔を歪《ゆが》めるように笑い、親指で佐和紀の頬を繰り返し撫で始めた。

「女装する男が好きなんですか」

「んなわけ、あるか。男が女のカッコしたって意味ないだろ。女にはなれないんだからな。おまえが初物って話は本当なのか？」

ずばりと聞かれて、佐和紀は思わずあきれた。

「岡崎から聞いたんですか」

「そうそう。でも、どうだかな。あの人はあしらわれてただけで、他にいいのがいたっておかしくないだろう」

「それならそっちと結婚しますよ。信じる信じないは自由ですし、気にもしませんが、噂は本当です。でもどちらさまにも、手で満足していただいてきましたから。世間の女よりも汚れてないですよ」

きれいに磨かれた周平の眼鏡のレンズ越しに、佐和紀は自分の初めての相手を見つめた。男はおろか、女も抱いたことはない。そこまで口にする必要はないから言わないが、行為が始まれば京子にまで床上手として響くほどの周平には気づかれるだろう。

「するのも、させるのもか」

どこか感心したように周平は身を乗り出した。佐和紀は目で答える。

「よくそれで済んだな」

「伊達《だて》に狂犬と呼ばれてませんよ。いざとなれば嚙《か》みます」

「あぁ……」

それで、とつぶやいた周平は、佐和紀のあだ名とは別のことに納得したらしい。

「おまえと関係のあった人間がだいたいわかった」

にやりと笑うと、おもむろに佐和紀の帯を解いた。腹の前の片結びは簡単にほどけ、衣《きぬ》擦《ず》れの音をさせながら帯が引き抜かれる。あわせがはだけた。

「身体も白いな」

摑まれたあごを押し戻され、佐和紀は素直に身体を起こした。正座に戻ると、片方だけ肩から着物をずらされる。

「男の嫁になるってどんな気分だ」

「屈辱的です」

佐和紀は無感情に答え、周平が苦笑を浮かべる。

「まぁ、おまえは女とは事実婚しかできないらしいからな。俺にとっては都合がいい」

女と結婚するつもりはないが、できないというのは真実だった。佐和紀の日本国籍は『女』だ。

大物政治家の愛人だった母親が、生まれてきた子どもを跡取りのない男に奪われまいとして、助産婦だった実母に偽りの出生証明書を書かせた。その二人ももういない。とっくに病気で死に、佐和紀はろくに義務教育を受けないままで裏の社会へ入った。

「佐和紀、俺を見ろ」

顔を覗き込まれ、視線を返した瞬間、佐和紀は今までにない悪寒を感じた。息が喉《のど》で詰まる。

雪を呼ぶ冬の寒気よりも鋭い周平のまなざしは、さすがに数々の修羅場をくぐりぬけて大滝組の若頭補佐までのぼりつめた男のものだ。軽口を叩《たた》くように話しながら、周平が顔や身体だけでなく何もかもを見定めようとしていることに、佐和紀はいまさら気がついた。

わかっていたこととはいえ、瀬戸際に立つ自分の状況に身がすくんだ。

今夜、周平に気に入られるかどうかで、佐和紀の一生は決まる。

松浦の今後のことは、岡崎が責任を持ってくれることになっているが、佐和紀自身がどう扱われるかは別の話だ。

周平が気に入ってくれれば、妻として囲われる程度で済む。もっとうまくいけば、外見が衰えた後はこおろぎ組に戻れるかもしれない。

そのためにはまずは周平を満足させる『女』として気に入られなければならなかった。『男』としての利用価値は、その後でもじゅうぶんだ。

「おまえが初物だっていうから、この話を受けた。どこにでもいるようなアンコなら、岡崎の面目も丸つぶれになる。わかってるだろうな」

　佐和紀は眉ひとつ動かさずに息をひそめた。

　アンコはヤクザ社会で、刑務所内の性交で女役をする男のことだが、今周平が言っているのは、もっと下卑た話だ。アンコという言葉の由来のひとつを知っていれば、それがどれだけ屈辱的な表現かわかる。

　口に入るものならなんでも飲み込んでしまう、深海魚のアンコウの悪食と同じように、どんな男のモノでもくわえ込んでいるような人間なら、その程度の扱いだと周平は言外に告げているのだ。

　気に入ってもらえれば、先の道は開ける可能性がある。だが、周平の機嫌を損ねるようなことがあれば、佐和紀は極道社会にも存在する『政治』の道具として扱われるだろう。幹部連中の機嫌取りに貸し出されるぐらいならまだマシだ。この世の中にはもっと下劣な世界がヘドロのように積み重なっていて、一度落ちればどこまでも落ち続けて汚物にまみれ、やがて本当の汚物に変わって元には戻れなくなる。

　佐和紀は意を決して、周平の着物に手を伸ばした。立て膝で座っているために乱れた裾から引き締まった足が見えている。

　小学校もろくに通えなかった佐和紀と違って、周平は大学出のエリートだ。学生時代はスポーツをしていたのだろう。太ももにもふくらはぎにも無駄な肉はない。

「人の裾を摑んだだけで色っぽいヤツなんて初めて見た」

手首を力強く引かれて正座を崩し、佐和紀は腕に抱き込まれた。

「おまえ、目が悪いんだろう？　宴会で元パトロンたちがどんな顔してたか、見なくてよかったのか」

「興味ない」

「おもしろかったぜ。あいつらとはキスもしてないのか」

「してない」

佐和紀は首を左右に振った。もっと気の利いたことを言おうとしても、喉がからからに渇いてしまって何も言えない。

「ただ手でしごいてしごかせて、それで大金を引っ張ってたのか。凄《すさ》まじいな。あいつら、今頃は俺に抱かれてるおまえを想像してマス搔《か》いてんだろうな」

上機嫌に笑った周平が目を細める。

「その手管、俺には使わないのか」

「そんなもの持ってませんよ」

佐和紀の答えに、周平はどこかつまらなさそうに、ふぅんと言った。

どう振舞えば気に入られて何をすれば興を削《そ》ぐのか、見当もつかない佐和紀は目を閉じて、待つのも恐ろしく身を固くした。

「寒いのか」

言いながら動いた周平が、肩からずれた佐和紀の着物を直して胸元までを覆い隠す。

「調子が狂うよ、おまえは」

「すみません」

「それがおかしいだろう。いや、いいのか？　狂犬っていうから、どんなに凶暴なのかと思ったら……。噂ってのは、結局、噂でしかないんだな」

「つまらないですか」

「そんなに緊張するなよ。岡崎からの紹介でもある以上、こっちだっておまえを粗雑には扱えないんだから」

顔が近づいて、周平が味を確認するようにくちびるを重ねた。ぐっと押し当たってすぐに離れていく。

「細い身体だ。これでケンカができるのか」

「むやみに殴り合わなければ」

また顔が近づく。今度は下くちびるをついばんで離れる。

床上手だという噂は本当だろう。ただの子どもだましのようなキスをしているだけなのに、佐和紀の肌はじんわりと熱くなる。キスのたびに身体を抱いている周平の腕にも力が入り、繰り返し抱き寄せられているから温かいと気づいたのは、三度目のキスでくちびるを吸い上げられたときだった。

「気持ちいいのか」

思わず目を伏せていた佐和紀は、恥ずかしくなって視線をそらし、その仕草を周平に笑われる。

「殺伐とした性処理しか経験がないなら、静かに任せておけよ。下手に誘うな。価値を落とすだけだ」

言い終わると今度は長いキスだった。くちびるをついばまれ、吸われ、そして舌が隙間《すきま》から忍び込む。

「……ん、ふ……」

抱き寄せられたまま、佐和紀は息を漏らした。その息さえも吸い込まれ、舌がやわらかく絡んだ瞬間に身体が反応した。濡《ぬ》れた感覚にそっと刺激を与えられ、腰が疼《うず》く。

閉じたまぶたの裏がかぁっと熱を持った。

「んっ、ん」

どう反応すればいいのか、わからなかった。今まで取引でしてきた行為とは違いすぎる。

周平は何を考えているのか、じっくりと佐和紀のスイッチを探すようにして、丁寧に優しく、壊れものをいじるようにキスを繰り返す。

「声が出そうなら、出せよ。おまえの声は悪くない」

下手に声を出せば気分を悪くさせるんじゃないかと、戸惑ってこらえたことさえバレている。佐和紀はあきらめた。どうあがいたところで、チンピラ風情の自分が勝てる相手じゃない。セックスでさえも。

小さくまとまって拒まれるぐらいなら、自分らしく振舞って疎ましがられた方があきらめもつく。

「……ぁあっ……」

言われるままに声をあげると身体の力が抜けて、感覚が何倍も強くなった。それを待っていたのだろう周平の手が、羽二重の下に滑り込んだ。

「ん、はぁっ……」

手のひらで肌をさすられ、佐和紀はのけぞる。白い首筋が露《あら》わになり、そこも手のひら全体で撫でられた。

周平の手は恐ろしく気持ちがいい。分厚い肌はなめらかで、佐和紀の乾いた肌と重なると、ビロードで撫でられているような心地よさを生む。

首筋を何度も行き交い、ほどよい摩擦で熱を生み出すと、今度は鎖骨をなぞって降りた。その間も上品なキスは続き、佐和紀は自分の股間《こかん》が少しずつ反応し始めていることに戸惑う。

直接触られる前から勃起《ぼっき》し始めるのは、思春期以来の新鮮な感覚だった。

「ここも、未開発なんだな？」

それがどこかわからないまま、指先で乳首の先端を弾《はじ》かれ、思わず小さく悲鳴をあげた。

「感じるのか」

逃げそうになる身体をいっそう強く抱き寄せられ、佐和紀は黙り込んだ。顔が熱く火照《ほて》る。頰が真っ赤になっているだろう。そんな姿を見られたくないのを知ってか知らずか、周平は楽しそうな顔で無遠慮に覗き込んでくる。

佐和紀は睨《にら》み返したが、熱っぽく潤んだ瞳ではさまにならない。身体にまるで力が入らなかった。

「もっとしてやろうか」

「……いや」

「どうして」

聞くまでもないことを問う周平は、指の平で胸の小さな蕾《つぼみ》を押し込んだ。佐和紀は経験のない感覚に身をよじる。

「……や、あ……」

どこまでも優しい愛撫《あいぶ》に、佐和紀の警戒心も限界だった。今日は一日、ひどく疲れた。そうでなくても松浦組長が倒れてから、いや、もっと以前から佐和紀は疲労していた。

人肌の温かさに飢え続けていることを、いまさら思い出す。

「これぐらいで、そんな顔してるようじゃ最後までは無理じゃないのか」

「……やっ、は……ぁ……」

押し込んだり力をゆるめたりの繰り返しに、佐和紀はくちびるを噛んでこらえた。そうしていないと、叫んで逃げ出してしまいそうだ。胸に押しあがってくる感情の波に息があがる。

「感じやすいな。下もそうなんだろう」

「ちがっ……」

首を振って否定する。

「乳首をいじられるのが、好きか」

鼻先で笑われて佐和紀はいたたまれなくなった。地球の裏側まで穴を掘って逃げ込みたいぐらい恥ずかしいのに、乳首を愛撫する指の動きも止めないで欲しい。冷静さを失わない周平を相手に、翻弄《ほんろう》されているだけの自分が一番せつなかった。

周平の指に刺激されてふっくらと立ち上がった突起を摘《つま》まれる。息を吐き出した佐和紀の股間はいっそう膨張して、腰が焦《じ》れた動きで揺れてしまう。

佐和紀は無意識に顔を周平の肩へとすり寄せた。羽二重のつるりとなめらかな生地が肌に触れ、その向こうに周平の肩の逞《たくま》しさを感じる。

「んっ、んっ……」

針で刺すような痛みが乳首に走るたび、身体のいたるところにじんわりと痺れが広がる。間違いなく快感だった。

この男の『女』にされるということが、屈辱とは別のせつない敗北感とともに身に染みてくる。

どれほどの数の人間が、この男に愛されたのだろう。周平は誰にでもこんなふうに触れるのだろうか。性感のポイントを丁寧に探り当て、じっくりと掘り起こす。まるで色事師だ。広い胸に抱かれて勘違いを起こすのは女だけじゃないだろう。

そういう意味では、周平は色事師よりもたちが悪い。

「おぼこだってのは本当みたいだな。気持ちよくなったことないのか？」

胸から手を離した周平に布団へと引きずり込まれ、組み敷かれたときには膝頭が佐和紀の脚を割っていた。

「あいつらには、どんなふうに触らせてたんだ」

「そんなこと」

「言えよ」

見上げた先にいる周平は眼鏡のズレを直し、その指で佐和紀の鎖骨をなぞる。

「別に普通だよ。上着は脱がないし、スラックスも足から抜かない」

答えながら佐和紀は続きを待っていた。

もう一度手のひらで肌を撫でて欲しい。それから乳首を摘んでこねて欲しい。

欲望を見透かした薄笑いを浮かべる周平は、身体をかがめて首筋に口づけてくる。肩をすくめて目を閉じた佐和紀は吐息を漏らす。

「それで、手でこすりあうだけか。この顔は見せるんだろう」

周平が顔を歪めた。佐和紀はそうだとも違うとも言えない。

今自分が浮かべている表情が想像できないからだ。

あの取引はお互いに排泄《はいせつ》行為を超えていないと佐和紀は思っている。触られたら勃起しても、こすられて射精まで行っても、快楽とは別の感覚だ。

息を乱したことはあっても喘《あえ》いだことはないし、眉根を寄せる程度に反応しても目を閉じたことはない。

それを周平に説明する術《すべ》がなかった。これが初めてのセックスだと打ち明けるみたいでバツが悪い。

「脱げ」

愛撫することに飽きたのか、急に身体を離した周平は布団の上にあぐらを組んだ。

身体を起こして膝立ちになった佐和紀は、羽二重の着物を開いた。下着はつけていない。

散々いじられた乳首は赤く染まって立ち上がり、同じように焦れた腰の部分も鎌首《かまくび》をもたげ始めていた。

「けっこうなものがぶらさがってんなぁ」

まじまじと見入る周平は、着物を肩から落とした佐和紀が、そのまま脱ごうとするのを止めた。

「肘《ひじ》で止めとけ。……女みたいだと思ったが、ついてるもんを見れば男にしか見えねぇな」

感心したように言う。別の興味が湧《わ》いたのか、佐和紀の顔と股間を見比べた。

レンズ越しに舐《な》めるように見られると、気持ちは複雑だ。祝言の間、幹部の年寄りたちが舐め回すように見てきたのとは違う周平の視線は、熱っぽく淫《みだ》らに濡れている。

「おまえは本当に綺麗だな。あいつらが無理に抱かなかった理由もわかる気がする。溺《おぼ》れて食い殺されるのはあいつらの方に違いない。……寒いか？」

佐和紀は首を振った。むしろ熱いぐらいで、息があがる。

「触って欲しいか」

投げやりな言葉をかけられても、佐和紀が傷つくことはない。静かに視線を返して、小さくうなずいた。

「見ててやるから、どこまで大きくなるか、自分でしてみろよ」

周平は嫌がらせのつもりで言っているのかもしれないが、佐和紀はもうなんだってよかった。言われるままに性器に手をあてがう。半分剝《む》けた皮を下げて、まだ芯《しん》が入ったばかりの柔らかな肉をしごいた。

「……うっ、……ふぅ……」

「素直なのは、気持ちいいのが好きだからか？」

佐和紀の正面に膝立ちになった周平が両手で後頭部を摑んでくちびるを重ねる。佐和紀は思わず自分から舌を出して求めた。絡み合い、濡れた音を立てて吸われる。

感情の波に翻弄されまいと、唾液《だえき》で光るくちびるを嚙んだ。

「いい表情だ。美形に似合わない、いやらしい顔だな」

肩を揺らして笑う周平が立ち上がった。おもむろに帯を解いて、自分のものをしごく佐和紀に見せつけるように着物を開いた。

顔の正面に突きつけられたものを直視できず、浅黒い肌を伝って顔を見上げる。傲慢《ごうまん》な男の目をした周平は、まだだらりと下がっていても存在感のある大きなモノを二度、三度と自分の手でこすった。

「初めてのご奉仕をしてもらおうか」

優しさを装っていても、やはり周平は極道だ。値踏みを忘れない。急に冷水を浴びせられたように現実へ引き戻され、佐和紀は目の前の男根を直視した。

大きい。半勃《はんだ》ちにさえなっていない状態でこのサイズなら、完勃ちになったときには佐和紀の指はまわらないかもしれない。

思わず顔を引きつらせながら、手を伸ばしてそっと摑んだ。本当はフェラチオも初めてじゃない。思春期の頃に無理やり強要された記憶は軽いトラウマになっていて、佐和紀は幹部たちに懇願されてものらりくらりと断って逃げてきた。金を積まれてもやりたくなかったのが本音だ。

でも、今はそんなことを言っていられない。

躊躇《ちゅうちょ》しているのを見て取った周平が、手を貸そうとするように自分のイチモツに指を添える。先端を佐和紀のくちびるに押しつけた。

のけぞるようにして口を開く。汗の匂いがしないのは、周平もシャワーを浴びてきたからだろう。キスで濡れたくちびるで先端をくわえると、肉はびくりと震えて大きくなる。ゆっくりと愛撫した。くちびるを押しつけ、根元から舐め上げる。少しずつ硬くなっていく男を指で促した。口の中に招き入れるのも苦しいほど大きな性器はうまくくちびるでしごけない。

「ん、ふぅ」

カリ高な段差までをくわえて、かちかちに硬く反り返った幹は両手で前後にこすった。

「悪くないな」

そんな言い方をしながら、周平の息もあがっている。くわえたままで顔をあげると、目が合った。愛のない行為だ。

二人の視線は冷たく乾いたまま交錯する。どちらも快楽と欲望で熱っぽく滾《たぎ》った表情をしているのに、ぶつかり合う視線は絡み合わない。

佐和紀はそれをさびしいとも思わなかった。抱きしめられてキスを繰り返され、乳首をいじられていたときにはあれほど燃えた心が醒めていく。

これは取引の結婚なんだと急に我に返った。

どこかで鳴り響く警報を聞きつけて、心がシャッターを閉めたみたいだ。

何を期待していたのか。心の隙間に忍び込む感情を振り払いたくて、佐和紀は恥ずかしげもなく音を立てて舐めしゃぶった。

張り詰めた男の怒張は唾液でテラテラと濡れて、根元から先端まで同じく太い。カリの部分だけがひとまわり張り出していた。

突然、周平に髪を掴まれる。ぐっと押し出された腰が佐和紀の喉を突いた。

「んぐっ……」

あごが外れそうなほど口を開く苦しさを感じたが、それを屈辱だとか思う余裕もない。

何を考えているのか。周平は急に激しく動き出す。

佐和紀は苦しくてたまらず、周平の腰を掴んだ。しっかりとした骨格に指がひっかかる。

「ん、ンフッ……ん、んっ……！」

喉奥を突かれるたびに嘔吐《おうと》感がこみ上げる。逃れようとする頭を引き戻された。

抗議の声も出せない。ただ周平の腰にすがらせた指で、必死に着物を摑んで耐えた。

鼻呼吸をしても息が上手くできず、佐和紀はうつろな目を薄く開いた。意識がどこかに飛んでしまいそうになる。

「ふぅっ……、ふっ……」

「こんなことをされても平気なのか。よっぽどおまえは組が大事なんだな。どうせなら、冥途《めいど》の土産《みやげ》に、あのじいさんにもしてやれよ。好きなんだろ？」

声が遠く聞こえた。

酸欠に近い状態で、周平の言葉を反芻《はんすう》したとき、佐和紀の頭の中で何かがぷつんと切れた。

それは限界まで引き伸ばされた糸だ。

おそらく堪忍袋というものの口を閉じていたはずの糸だが、切れた後になってはもうわからない。

目の前がホワイトアウトしたと感じた瞬間、悲鳴を噛み殺す周平の声が聞こえた。叫ぶ寸前でこらえたらしい。

佐和紀の口からずるりと引き抜いた昂《たか》ぶりを押さえた周平が怒りに任せて繰り出した平手を、佐和紀は思わず避《よ》けてしまう。条件反射だ。

ハッと息を吞んだが、もう後の祭りだった。

「てめぇッ！」

頭上から降る怒鳴り声を睨み返して、佐和紀は着物を肘にひっかけたまま立ち上がった。

「あんた、最ッ低の極道だ」

くちびるの端からあごに伝う唾液を手の甲で拭《ぬぐ》う。

普通ならしゃがみこむほど痛烈な感覚を味わったはずの周平は、股間を隠しただけで仁王立ちになっていた。

胆力で持ちこたえている男の目が血走る。

「ふざけんなよ」

周平が奥歯をギリギリ鳴らしながら、ドスの利いた声を響かせた。

その恐ろしい形相と声に冷水を浴びせられたように我に返った佐和紀は着物を直す。帯を取りに行こうとするのを引き止められ、腕を激しく振り払う。

冷静になったからといって、いまさら怯えて謝るような性格じゃなかった。

「触るな。ゲスが！」

怒鳴り声で返した。

狂犬と呼ばれたのは、この短気と捨てきれないプライドのためだ。

自分の親を罵《ののし》られながら尻《しり》を差し出せる卑屈さは持ち合わせていない。

「殺すぞ」

周平の目が暗く光った。佐和紀は視線を真っ向から受け止めて、線の細いあごをそらした。

「殺せるもんなら殺してみろよ」

そのまま背中を向けて飛び出す。勢いよく開け放った障子が建具にぶつかって、ピシィッと鋭く鳴ったがかまわず廊下を走る。

まずいことをしでかした自覚はあったが取り返しはつかない。戻って謝罪をしなければと理屈では理解できても、周平の言葉を思い出すと頭に血が上ってどうしても我慢ができなかった。

京子の顔が脳裏に浮かんだが、何を言って頼ればいいのか、考えもまとまらない。

自分はどれほど悪く言われてもよかった。肌に塗ったバターを舐める犬程度の扱いを強要されても、応《こた》える覚悟はある。

でも、松浦組長のことは別だ。

佐和紀にとっては本当に親同然の男だから、周平がどんな軽い気持ちで言ったにしても、あの発言は冒瀆《ぼうとく》だ。聞き流せないし、許せない。

裸足《はだし》で雪の上に飛び下りて、佐和紀は白い侘助《わびすけ》椿の陰にしゃがみこんだ。月の光があたりを明るく照らしている。足が冷たいのは子どもの頃から慣れていた。

靴を隠されたり捨てられたりするたび、木の陰に隠れて吸った自家製タバコの苦いまずさが忘れられない。口の中に広がる苦い痺れを思い出す。

あれが毒ならよかったと、何度も考えた。死ぬほどの勇気がないまま今まで生きてきて、松浦の裏表のない度量の広さに初めての夢を見た。

いつか長屋を出て大通りに土木業の事務所をかまえる。入り口に『こおろぎ組』の看板を掲げて社員一同で記念撮影をするのだ。もちろん松浦は真ん中で、佐和紀は一番後ろの隅っこでいい。

抱えた膝に額を押し当てて、深く息を吸い込んで重く吐き出す。叶わない夢だと知ってはいたが、せめて松浦が死ぬその日までは二人の夢を夢のままで願っていたい。

親のない佐和紀が松浦に返せる、それがせめてもの感謝の気持ちだ。

しばらくじっとしていると、身体が冷えて、気持ちも落ち着いた。

どうしようかと途方に暮れて顔をあげる。やっぱり京子に頼んで岡崎に仲介を頼むのがいいだろうと考えて建物を振り返ると、目の前に白い絹が揺れていた。影が伸びている。

下駄を履いた周平に腕を掴まれて力ずくで引き上げられた。

「バカか。こんな姿で」

言われて初めて気づき、着物をかき合わせて裸を隠す。周平は自分の肩にかけていた綿入れを引き剝がすように手にとって、ごく自然な仕草で佐和紀の肩に乗せる。

それだけの動作に、佐和紀は胸の奥を掴まれるような痛みを感じて顔を歪めた。

なぜなのかわからない。女相手にするような、こなれた優しさがせつない。

「噛むことはないだろう」

綿入れを突き返そうとした佐和紀は、指を伸ばしたままで動きを止めた。

周平が手を股の間に当てる。まだ痛むのだろう。

胸のすく想いがして、佐和紀は鼻で笑った。

「あんたが悪いんだ」

眉をひそめて睨みつけると、周平はこれみよがしに羽二重の上からモノを持ち上げるようにさすった。

そのあたりにいる男なら間抜けに見えるだろう仕草も、周平がすると下品さがかえって男くさい色気を感じさせる。

「戻るぞ」

強い命令口調で言われて、佐和紀は首を振った。

自分に拒む権利はないとわかっていて、強情さを貫く。

「嫌だ」

鋭い視線の応酬を続けたまま、しばらくその場で対峙《たいじ》した。

雪の冷たさが足元から容赦なく上がってきても、どちらもピクリとも動かない。

「戻って犯そうなんて考えちゃいねぇよ」

「あんたみたいな下衆《げす》な男と暮らすなんてゴメンだ」

意地になった佐和紀は、涼しげな瞳に似合わない激しい感情を露わにした。

「もう祝言も挙げたんだぞ。披露の済んだ後でケツまくれると思ってんのか。なめんなよ」

「こっちだって極道のハシクレだ。あんたと暮らすぐらいなら、腕の一本や二本、くれてやるさ！」

啖呵《たんか》を切るリズムに合わせて、はしばみ色をした髪が揺れる。寒さと怒りで白い肌が上気して、首筋や頬が艶《なま》めかしく色づく。

「その上で、俺を欲しがる他の幹部の股ぐらにでも潜り込んだほうが、よっぽどいい気分だ」

言い終わるのを待たず、周平の平手が飛んだ。頬を力任せに張りつけられて、佐和紀は揺らいだ身体を軸足で支えて耐えた。

「やるな」

飛んでいかなかったことに目を細めた周平は、続けざまに返す手の甲を、もう一度佐和紀の頬に叩きつけた。鈍い音が響く。

殴られるままに顔を背けた佐和紀は、拳でくちびるを拭う。歯で切った小さな傷から溢《あふ》れた鮮血が口紅のように伸びた。

怒りで充血した瞳に、なおも清冽《せいれつ》な凄《すご》みが加わる。

周平がさらに踏み込んでくる。いつもなら殴るか蹴るかの反撃を放っているはずの佐和紀は後ずさった。格の違いがそこにある。

蛇に睨まれた蛙《かえる》のように立っているだけで精一杯だ。手を掴まれ、腰を抱き寄せられた佐和紀は目を閉じた。自分でもどうしてそうなったのかわからない。

感じたことのない威圧感と抗《あらが》いようのない敗北感に怯えたのかもしれない。怖くて目を閉じたのだと思いたかった。

でも、それはきっと違う。

周平の肌の温かさが手首を掴んだ瞬間に、もうだめだった。

男としての格やケンカの強さなんて関係ない。怖かったのだとしたら、それは別の感情に起因するものだ。

くちびるを吸われ、舌がヌメリを欲しがって這《は》い出ていく。

周平のごつごつと骨っぽい手が佐和紀の頬にまとわりつく髪を乱暴に掻き上げる。のこのこと快楽を欲しがって出ていった舌先は、周平の濡れたそれに絡め取られ、くちびるに吸われて震える。

「んん。……ふっ……ん」

いつのまにか、周平に抱き上げられていた。

「ちょっとっ！　やめろよ！」

横抱きにされて、佐和紀はもがいた。

「落ちるぞ」

「うるさいっ！　やめろって！　戻るなんて言ってないだろ」

「言ったも同然だろう」

「離せ！　降りる！　降ろせーーーッッ！」

「叫ぶな、バカ」

ぐっと抱き寄せられ、二人の寝室へと強制的に運ばれながら、佐和紀は大声を出し続けた。それでも周平は跳ね回る身体を離さない。

業を煮やした佐和紀が耳に嚙みつこうとするのを、周平は平然と頭突きで返して退ける。

「死ね、岩下ァァ！」

突き合わせた額を赤くして叫ぶ佐和紀の、母屋にまで届きそうな怒鳴り声に周平が重い息を吐き出した。

「鉄砲玉でもそんな声出さねぇよ」

ぐったり肩を落としたかと思うと、にやりと笑って顔をあげる。

「佐和紀、股間が丸出しになってんぞ」

足をばたつかせたせいで露わになっていることを指摘されて、ぐっと押し黙った佐和紀は至近距離から睨み返す。いまさら恥ずかしがって隠すこともできない。

強がりを悟っているらしい周平はやっと黙った佐和紀を横目で見て笑う。

「さっきのキスでまた感じたのか」

寝室に戻り、布団の上に降ろされた佐和紀は、羽二重の前がはだけるのもかまわず無言のままで、並べて敷かれた布団を一組、続きの部屋へと乱暴に投げ込んだ。

それから周平の身体をぐいぐいと押しやる。

「なんで、俺がこっちなんだ。寒いだろうが」

子どものような行動を笑う周平は、両腕で押されるままに隣の部屋へと入っていく。

「布団があるだけありがたく思えよ」

「ふざけるな。その、上からの言葉はなんだ」

手首を掴まれて、佐和紀は慌てて振りほどく。飛び退《すさ》った。

「いいから、近づくな。この色事師！」

「感じやすいカラダしてる方が悪いんだろう。さっきもおまえからいやらしく舌を出してたぞ」

言われて佐和紀は真っ青になった。わなわなと震える。

また庭へ駆け出そうとするのを見逃さない周平の手が、今度は強く腕を掴んだ。

「わかった、わかった。俺がこっちの部屋で寝てやるよ。本当に調子が狂うな、おまえは。

狂犬じゃなくて、じゃじゃ馬だろ。ったく……。オヤジも聞いてんじゃないのか、さっきの。どやされんのは俺だぞ」

ぼやきながら周平は隣の部屋に消える。

部屋を隔てる襖を閉めた佐和紀は部屋の明かりを消して布団にもぐり込んだ。雪の積もった庭に裸足で下りたのに、身体は思ったほど冷えていない。そっと手を伸ばしてみると、股間のものはまだ少し硬さを残していた。触れると疼く。

「くそっ……」

手を離してくちびるを噛んだ。

身体が急に熱くなり、頭がぼうっと痺れる。混乱したまま舌打ちして息を吐いた。

くちびるにはキスの感覚が甦《よみがえ》り、忘れようとしても忘れられない。濡れた舌の淫らな感触さえ思い出してしまい、自分で自分の感情についていけずに啞然《あぜん》となった。

妙なことになってしまった。まさか、こんなに周平のキスが身体に馴染《なじ》むとは考えもしなかった。気に入られなければいけない自分が、早々に陥落されては意味がない。

「おい、佐和紀」

襖の向こうから声がする。返事をせずに頭まで布団を引っかぶっていると、襖の開く音に続いて、畳を踏む音が近づいてきた。

「もう寝たのか」

布団を剝がれた。周平には遠慮というものがない。

「起きてるなら返事ぐらいしろよ」

するわけないだろ、と返したいのをこらえていると、頬にひやりと冷たいものが押し当てられた。平手打ちされた痛みの残る肌に心地よい。

「殴って悪かったな。少し冷やしとけ」

冷たい水で絞ったタオルだ。

組長への暴言は謝らないくせに、どうでもいいことに細かい周平はまた離れていく。

「続きはいいのか、佐和紀」

襖のあたりから、からかう声が飛んできた。

「一人でするくらいなら呼べよ」

跳ね起きた佐和紀は、枕元のティッシュケースを鷲摑《わしづか》みにして力いっぱい投げつけた。

周平が閉めた襖に鈍い音を立ててぶつかり畳へと落ちる。

「てめぇこそ、マス掻いてろよ。腐れチンポ野郎！」

暗闇の中に佐和紀の叫ぶ声がこだました。


翌朝、破れた襖を前に片あぐらを組んだ佐和紀は、片手で髪を掻きむしりながらため息をついた。昨日の夜のすべてを象徴しているような傷から目を背けて廊下へ出る。

暖かい朝の光で、積もっていた雪はあらかた溶けていた。

自室としてあてがわれている部屋に入り、まずは眼鏡をかけて棚の上に置いた鏡を覗き込んだ。切れたくちびるのあたりが腫《は》れているだけで、頬は膨らんでいない。あざもなかった。

「腹減ったな……」

八畳の和室を見渡しながら、佐和紀は胃を押さえた。この離れにキッチンはないから、母屋に行って食事にありつかなければならない。誰も起こしに来なかったのは今朝《けさ》が初夜の翌日だからだろう。本来なら、あの色魔のようなテクニシャンにあれこれされて足腰立たなくなっていたかもしれないが、実際の佐和紀は何も喪失することなくピンピンしている。

明日からはどうなるだろうか。いまさら気にもならない。あんなことがあっても追い出されなかったのだから、好きに振舞うまでだ。

まずは着替えだと簞笥《たんす》へ近づいた佐和紀はふと考えた。

いつもなら全身ゴールドのジャージか、上下揃いのスエットを着るところだが、この結婚を機に松浦から禁止された。

一緒に暮らしているときから自分の顔に合った服を着ろと注意されてきたが、何がいけないのかわからない。佐和紀にとっては一番好みで楽な服装だった。

「めんどくせー」

つぶやいて引き出しを開けた。迷うことなく、たとう紙を引っ張り出す。

ステテコと長袖の肌着を着た上から半襦袢《はんじゅばん》を着る。たとう紙から出した長着に袖を通した。

正月と夏祭りは和服を着せられてきたおかげで、佐和紀は着付けも一人でできる。

大滝組から用意された結納金を、松浦と佐和紀は迷うことなく和服を誂《あつら》えることで使い切った。というのも、金のないこおろぎ組の二人に長屋を破格の家賃で提供してくれていたのが、まだ金回りの良かった頃に松浦が贔屓にしていた呉服屋だったからだ。

他にもいろいろと気を回してくれたおかげで、ずいぶんと救われた。恩を返すのはここしかないと二人で見栄を張ったのだが、買い揃えた段階で松浦は佐和紀の洋服をすべて処分してしまい、今後は和服だけで過ごすようにと言った。

よっぽど佐和紀の洋服のセンスが気に食わなかったのだろう。老いぼれの最後の願いだとおおげさに言われて断りきれなかった。

どうせ、今までのようには過ごせないのだ。和服の佳人を気取って、大滝組の構成員たちを煙に巻くのも悪くはないと佐和紀は思っていた。

黒にも見える深緑の御召に、えんじ色の西陣織の角帯をきりっと締め、片側だけぐっと落として安定させる。

祝言の翌日に着ると決めていた着物は、誂えた新品ではなく、松浦から譲り受けた一枚だ。金に困っても売ることのなかったそれは、値段のつかない着物だった。

ふくらはぎから足の付け根あたりにかけて、銀糸金糸で二匹の細い竜が絡み合いながら昇る刺繍《ししゅう》が施してある。

眼鏡を拭《ふ》いてかけ直し、少し開き気味になった襟元を正す。髪の寝癖がないか確かめてから部屋を出た。

とりあえず母屋のキッチンへ顔を出してみると、家政婦がにこにこ笑いながら近づいてきた。

「これはこれは、ご新造《しんぞ》さん」

もう相当な年だろう。腰は曲がっていて、灰色になった髪も少ないが、シワの刻まれた肌だけはツヤツヤとゆで卵のように輝いている。言葉もはっきりとしていた。

「起きなさったか」

「腹が減ったんですが」

「もうじき昼時だけど、我慢できそうもない顔してるねぇ」

「握り飯でいいです」

「それぐらいなら作ってあるけども、冷えてしまってるよ。温め直そうか」

水屋からふきんをかけた皿を取ってきて、家政婦の老婆はしわくちゃの手でテーブルへ置いた。佐和紀は椅子に腰かけて、ふきんを取る。その間にも、老婆は驚くほどの速さで食事の用意を整えた。

焼き海苔《のり》、番茶、漬物各種。

ずらりと並べて、冷蔵庫から卵を取り出す。卵焼きを作ってくれるらしい。

手を出そうとした佐和紀の横から、

「いただきます」

声とともに腕が伸びた。握り飯をひとつ取っていく。

仰ぎ見ると、首にネクタイをぶらさげた周平が、それなりに大きい握り飯をたった三口であっという間にたいらげた。さらに、きゅうりの漬物を摘んで口に放り込む。

怜悧《れいり》な印象の眼鏡をかけた周平は、スーツがよく似合っている。似合いすぎていて、あくどいことで金を稼ぐ詐欺師にさえ見えるぐらいだ。

「まぁ、お似合いでいらっしゃること」

男同士で結婚したことに疑問を抱かないのか、家政婦は並んだ二人を見比べてやっぱりにこにこと笑う。

「でも、昨日はうまくいかなかったみたいだけどな」

第三者の声が割って入った。佐和紀はあえて顔を向けずに握り飯を口へ運んだ。

誰なのかは、声でわかっていた。

「届け、出してきたぞ。ほら、証明書。これでおまえたちは正真正銘、籍を同じくする夫婦だ」

岡崎が一枚の紙をテーブルに置いた。婚姻届受理証明書だ。

手に取ろうとした周平は、遅れて入ってきた京子に呼ばれて顔をあげた。身体がわずかに揺れたのを、佐和紀は見逃さない。

「周平さん、昨日、何があったの？」

「何の話ですか」

周平がしらっと答え、顔を背けた岡崎は口元を押さえて笑いをこらえている。グレーのセーター姿の京子が、夫に肘鉄を食らわして周平に詰め寄った。

「その日のうちに揉《も》めるなんて、どういう了見なの？」

ちらりと視線を向けてくる周平を冷たく見上げた佐和紀は、テレビでも見るような気楽さで二人を眺めた。

「おまえのせいだろうが」

と、周平が顔をしかめる。

「周平さん！」

京子が声を荒らげた。

「あなたぐらい男にも女にもいい顔できる人が、どうしてこんな綺麗な子一人、優しくしてあげられないの」

「京子、それは褒めてないな」

岡崎が苦笑しながら口を挟む。

「あなたは黙っていて。これは妻同士の立場の問題なのよ」

ぴしゃりと撥《は》ねつけられて肩をすくめた岡崎は、台所から漂ういい匂いに気づき、出来上がったばかりの卵焼きのつまみ食いをするつもりなのか、その場をそそくさと離れた。

「若頭。逃げてないで旦那の立場で助けてくださいよ！」

「無理、無理。俺、京子に勝てないから」

「俺にだって言い分はあるんですよ」

頼りにならない兄貴分をあきらめて、周平が京子へ向き直った。

「こいつ、俺の、……ナニを噛んだんですよ？　怒るでしょう、普通」

「え？」

「は？」

京子の声に、岡崎の声が重なる。三人の視線を受けて、佐和紀は静かにたくあんをかじった。

ぽりっと小気味のいい音が響いて、間の抜けた声を重ねた夫婦は現実へ引き戻される。

「へぇ、佐和紀、くわえたんだ」

おもしろがった岡崎が佐和紀に向かってにやにやと笑った瞬間、京子が平手でテーブルを叩きつけた。大きな音がして、皿がわずかに宙に浮く。

「弘一……、何を言ってんの、あんた」

京子の声が低くなる。さすがに佐和紀も無視できず、顔をあげて二人を見た。

眉を引きつらせる岡崎は、自分の失態を瞬時に理解したらしい。

「弟分の女房を捕まえて、くわえたのかって、何よ、それ」

元から佐和紀と岡崎の間にはいわくがある。問い詰める京子に隙はなかった。

「言葉の綾《あや》だ」

「それにしてはいやらしい言い方してたわよ」

「気のせいだ。やきもち焼いてるのか？　カッコがつかないな」

「なんですって！」

「こいつは、『こおろぎ組の狂犬』って言われてる男だぞ？　綺麗な顔してるけど、骨の髄までずっぷりチンピラなんだよ」

「だから、なに」

「周平のイチモツを食いちぎってもおかしくない」

岡崎が視線を向けてくる。佐和紀はそっちを無視して、同じように見つめてくる京子に視線を返した。

「言い訳しなさい、佐和紀」

姉貴分に促されて、佐和紀はゆっくりと立ち上がった。眼鏡のブリッジを人差し指で押し上げながら答える。

「しゃぶってやってるときに、松浦組長をバカにされて頭に来たんですよ。同じことをしてやればいいって言われて」

視界の端で、岡崎が片手で顔を覆った。

「そりゃ、おまえがダメだ。周平」

「あんたは肝心なところで言葉を選べないのよね」

「そういうつもりで言ったんじゃないんですよ」

二人から責められる周平が弁解しようとしたが、岡崎と京子は聞こうともしない。

「その件については俺から謝る」

「やめてください よ。アニキが謝ることじゃない。嚙まれて相殺されてるはずだ」

「あんただって、殴っただろ」

「なんですって！」

聞き捨てならないと気色ばんだ京子が、周平を押しのけて佐和紀の顔を見上げた。

「本当だわ。くちびるが切れてる。なんてかわいそうなことするの！」

「冷静になってくださいよ。そいつ、男ですよ」

「嫁に手を上げるなんて……」

「佐和紀。おまえ、今笑っただろ」

周平に肩を摑まれて、つんっとあごをそらす。手を払いのけた。

「意外に仲いいんじゃないのか」

「まぁ、会って当日にセックスすることもないわよね」

顔を見合わせる岡崎と京子に、佐和紀は眉をひそめた。京子が気づいて笑う。

「我慢して今夜からも一緒に寝なさいよ。そのうち、お互いに慣れるから」

「ヤらなきゃいけないわけじゃないですよね」

「そうね。でも、寝室を分けたら夫婦は終わりなの」

諭す京子の隣で、岡崎は周平を見てニヤニヤ笑う。気づいた京子があきれたように息をついた。

「なぁにがおもしろいの？」

「いや、周平がさ」

「からかわないでください」

眼鏡のブリッジを薬指で押し上げた周平が話を終わらせようとしたが、岡崎はからかう気満々の顔で逃がさない。

「渡りに船だなぁ、周平。やり損ねて残念って顔に書いてある」

「へぇ、どこ？　そうよね、佐和紀は色っぽいもんねぇ」

「俺を見るなよ」

岡崎がたじろいだ。

「見てないわ。とにかく、周平も落ち着きなさいよ」

「何の話ですか」

「しらじらしい返しはいらないわ。わかってるでしょう。この際だから、佐和紀の前で言っておくけど。黙認されてても、遊びはほどほどにしておくことよ」

「わかりました」

しおらしく即答しているが、周平はあきらかに聞き流している。京子も釘《くぎ》だけ刺せればいいのだろう。さらに突っ込むことはしなかった。

二人がキッチンを出ていくと、

「俺のこと、独り占めしたいか？」

周平がテーブルに手をついて、佐和紀の顔を覗き込んだ。

家政婦もそそくさと隠れるようにいなくなる。

佐和紀は椅子に戻って番茶の湯呑みを手にした。無視して口をつける。その胸元に周平の手が伸びた。きっちりとあわせた着物の襟に遠慮なく忍び込む。

「無粋だな」

肌に触れようとした手はシャツに阻まれて行き場を失う。

だから平然としていた佐和紀が鼻で笑うと、周平の指はそのままシャツの上から乳首を撫でた。

「……っ」

震えが肌を駆け抜け、想像しなかった感覚に佐和紀は息を詰める。

「昨日の続き、するか？」

耳元でささやかれて身をよじった。

「昼間からバカ言うなよ。色情魔。仕事行けよ、仕事」

吐息を漏らしながら、佐和紀は悪態をついた。

「そんなこと言って、乳首立ててるくせに」

くちびるが首筋を伝う。耳たぶを甘噛みされて、じんわりとした痺れに佐和紀は酔った。

椅子を蹴って立ち上がればいいだけなのに、それを思いつきもしない。されるがままになりながら、顔を向けて、伏せたまつげをあげる。それが誘いのポーズになることはわかっていた。

うなじを手で支えられて、近づくくちびるを待つ。

「アニキ、時間ッスよ！　っと、すんません！」

声とともにキッチンに飛び込んできた足が止まった。

舌打ちした周平が、佐和紀を隠すように入り口へ身体を向ける。

「うるさいんだよ、おまえは」

周平が言う。息を整えて顔を覗かせた佐和紀は、周平の舎弟たちを見た。目が合う。相手は三人とも、あんぐりと口を開けたまま凍りつく。

「紹介しとくか。昨日もらった嫁。佐和紀だ」

「佐和紀です。よろしく」

立ち上がって、目の前に立っている周平を押しのけた。

「俺の舎弟だ。右から岡村《おかむら》、石垣《いしがき》、三井《みつい》」

そんじょそこらの女よりはよっぽど整った顔立ちの佐和紀に、口を閉じるのも忘れて見《み》惚《ほう》けていた三人は、兄貴分の声に気づいて飛び跳ねるように深く頭をさげた。

カジュアルな服装ならチンピラに見えなくもない佐和紀だが、今日のように和服を着ると、男にしてはたおやかな柳腰にひっかかる帯と、肉の薄い手首を隠す袖が役者のような色気を醸し出す。夏祭りを浴衣《ゆかた》姿でひやかしただけで、ばあちゃん連中がサインを求めて群がるほどだ。

舎弟たちも落ち着かない様子で、ちらちらと遠慮がちな視線を佐和紀に向ける。

「めっちゃくちゃ美人じゃないですか！」

「本当に男なんスか」

「っていうか、この人……」

色気をもろに浴びて慌てふためいた三人が、口々に騒がしく声をあげた。

「おまえら、ちゃんと順番に話せよ。ん？」

一人のテンションが急に下がったことに気づいた周平が首を傾げる。

髪を肩まで伸ばした男の名前は三井だ。

続きを促された三井は言葉を濁し、その後は佐和紀が拾った。

「俺のこと、知ってるよな？　こおろぎ組なんて殺虫剤投げ込めばつぶれるって言ったよなぁ」

「なんだ、それ」

周平は笑い飛ばしたが、三井は慌てふためいてその場に膝をついた。

「こんなことになるとは知らず、すみませんでした。許してください！」

状況を理解できていない残りの二人はせわしなく視線を動かして仲間と佐和紀を見比べ、最終的にはじっと佐和紀を見た後で小さく声をあげた。

「こおろぎ組の狂犬！」

さすがに下っ端には面が割れている。三井とはその言葉を投げられたときに殴り合いになった。確か、佐和紀の膝蹴りで前歯が四本折れたはずだ。

「歯も入ってんだな」

　土下座する三井を見下ろしながら、佐和紀は冷笑を浮かべた。涼しげな美貌に陰が差す。残りの二人はごくりと喉を鳴らして、一言も声を発するまいと口を閉ざした。

「おまえが折ったのか」

　周平は笑いながら、三井に立つように声をかける。

「鼻を折ってやろうと思ったのに、低すぎるから」

　答える佐和紀の傲慢な態度に怯えた舎弟たちは、湧き起こる疑問があるだろうに、それを口にしないどころか素振りにも見せない。

　どうして周平の嫁が『男』で、よりにもよって『こおろぎ組の狂犬』なのか。

「俺がいないときはこいつらの誰かを置いておくから、何かあれば言えよ。ただし、ちょっとやそっとで前歯を折るなよ。鼻もな」

「ふぅん。じゃあ、あっちを噛むのは？」

　佐和紀の流し目で見上げられた周平は眉をひそめる。舎弟の前で平常心を装っても、わざとらしく秋波を送る佐和紀を見た瞳の奥は情欲を宿して赤く燃えた。

　おもむろに腰を抱き寄せられ、周平が一歩踏み込んでくる。

　あっと叫んだのは舎弟たちだ。佐和紀は噛みつくようなキスに動じることなく、男たちの劣情を煽《あお》る目を三人へと向けた。

気づいた周平にあごを摑まれ、目の奥を覗かれる。

「誰かれかまわず誘惑するなよ。おまえは俺のものになったんだ」

「あっそ」

つまらなさそうにつぶやきながら、佐和紀は手を伸ばした。周平のスラックスのベルトに指をかける。金具がカチャカチャと無機質な音を立て、止めることもできない舎弟たちが生唾《なまつば》を飲み下す気配がした。

「じゃあ、ここで舐めてやろうか？」

ベルトをはずしながら、あだっぽく笑ってあごをひく佐和紀に、目を伏せた周平が顔を背けた。

「そんな便所みたいな真似をさせられるか。おまえは俺の嫁だろうが。ふざけてないで、離せよ。そんなに欲しいなら、帰ってから嫌ってほど泣かせてやる」

ふっと笑った周平は、人差し指の関節で優しく佐和紀の頰を撫でた。

佐和紀の美貌を前にして、ぐらぐらと落ち着かない心を隠せない舎弟たちに見せつける。その白い頰を、佐和紀は満足してゆるめた。周平の言葉に、彼の中での自分の扱いと役割を理解したからだ。

今のところ取引の道具に使われることはないらしい。

ましてや、舎弟のオモチャに払い下げたりするつもりは毛頭ないのだろう。岡崎が言っていた通り、周平は昨日の続きをしたがっているのだ。

反応をおもしろがってからかっているだけじゃない周平のキスや言動に、佐和紀はどこか安堵している自分を不思議に思った。わざと気を引くような行動ばかり取っているし、周平が独占欲を見せることも嬉《うれ》しかった。

でも、嬉しいと感じる自分がなおさら不思議だ。

「今日は、三井、おまえが残れ」

周平の下した命令に、前歯を隠した三井が飛び上がる。

「どうして、俺なんですか！　無理です。初日から勘弁してください」

「おまえが一番、こいつの厄介なところを知ってそうだからな。適役だ」

「マ、マジっすか」

「予定通り、外でメシ食うからな。夕方になったら用意させて、店まで連れてこいよ」

「それはわかってますけど、せめて、もう一人……」

「しつこいな、おまえ」

ギラリと睨んだ周平は考えるように黙り込み、佐和紀を見た。

「石垣、おまえも残れ」

言葉は別の舎弟に投げられる。

「アニキ〜〜」

三井が胸の前で手を組み合わせて喜び、周平は片目を細めて言った。

「タイマンじゃ、粉かけられて踏み外すからな」

「二人に強姦《ごうかん》されたらどうするんだ」

「おまえがそんなかわいいタマなら、こいつらにくれてやるよ」

笑いながら答える周平に耳たぶをこね回され、佐和紀はそのままにした。触れられたところが熱くなり、それがなぜなのかわからない。

「おイタはするなよ。お姫さん。いい子にしてれば、こいつらより何倍もいいものをやるからな」

「はいはい。行ってらっしゃい」

適当にあしらって手を振る。そのまま背中を向けると、周平は岡村だけを連れて出かけていった。

「あー、もう。これならニューハーフの姐《あね》さんの方が何倍も良かった」

気を使う相手がいなくなると、三井が頭を抱えてその場にしゃがみこむ。

「そんなことでアニキが笑いものになるぐらいなら、こおろぎ組の狂犬を飼ってる方が、俺は何倍もマシだよ。他の幹部もかなり狙ってたんだろ。そのために、組をつぶそうとしてるヤツもいるって聞いた」

金髪を短く刈り込んだ石垣は、佐和紀に向かって深く一礼した。

「こおろぎ組の組長の様子はいかがですか」

「おまえ！　こいつは俺の歯を四本もだなっ！」

立ち上がって騒ぐ三井の長髪頭を、石垣が押しのける。

「うるさいっ。そんなんだから、暴言吐いてのされるんだよ。折られたおまえが悪い。手足ついてんだろ。ガタガタ言うな、ボケ」

勢いよくまくし立ててから、はたと我に返って恥ずかしそうに笑う。二人ともまだ二十代半ばだろう。佐和紀とほとんど変わらない年齢だろうが、暴走族からもあぶれた半端者の子どもに見える。

「すみません。俺たち、いつもこんなふうで。岩下のアニキだから拾ってくれたようなもんなんです。だから、アニキがあんたを気に入ってるなら、俺は従うだけですから」

「俺は嫌だ。男の姐さんなんて」

「なんだっていい」

佐和紀は椅子に戻って握り飯の続きを食べながら言った。

「おまえらに好かれようが嫌われようが、そんなことは俺の組の存続には関係ない」

「そうですね」

石垣がはきはきと答えた。格好はチンピラだが、頭は良さそうだし、素直な性格もヤクザでいるにはもったいないほど真面目《まじめ》に見える。

弟分を持ったことのない佐和紀には、そんな石垣も、やんちゃで前後を考えない三井も新鮮だ。

「なぁ、岩下は外にどれぐらい愛人いんの？」

おもむろに尋ねる佐和紀の言葉に、石垣がぐっと押し黙る。

「それは……」

「決まった女はいないよ」

こういうとき、あっさり吐くのは三井のタイプだ。わかっていて石垣に聞いた。その方が口は滑りやすくなる。

「男は？」

これには、二人とも目配せし合う。

「なんていうか、アニキは人にはあんまり興味ないみたいで」

石垣が言う。

「見た目がいいホステスなんかと付き合っても、すぐに別れるし」

「で、男は？」

はっきりしない石垣から、三井へと鋭い視線を向けた。

「差し歯って高いんだろ？　何本付け替えたい？」

「あぁ、もう！　だから、こいつはダメだって！」

叫んだ三井は勢いのまま答えた。

「兄貴は若い男と遊ぶことあるけど、仕事のためで、恋人は作ったことない！　女も一緒だよ！　本当だからな」

「あぁ、風俗系を取り仕切ってんのか」

「相手は選んでるよ。うちは金持ち相手の派遣売春やってるから。あぁ、でも、このあたりはおおっぴらには言えないことになってっから」

「そういうことしてりゃ、組も大きくなるよな」

佐和紀のぼやきに、石垣が苦笑した。

「姐さん、アニキが好きなんですか」

「なんでそうなるんだよ」

『あねさん』と呼ばれたことは無視して、佐和紀は問い返した。

「アニキがあんなふうにするのは初めてだったんで」

「あんなふうって、何？」

佐和紀は眉をひそめた。石垣は言葉を探しあぐねて三井に助けを求めたが、埒《らち》が明かずにぐずぐずと時間ばかりを浪費する。

少し遅れて、石垣が言おうとしていることを理解したらしい三井が拳を手のひらに打ちつけた。

「あぁ、だから変な感じしたのか」

「遅いな、おまえ」

石垣があきれる。

「だから、何？　三井？」

「また、俺かよ。……アニキは俺たちに見せつけるようなことはしないから、だから、……えっと、だから……あれ？　だから、なんだよ。別にいいじゃねぇかよ」

「おまえ、ほんっとバカだな」

石垣から蔑《さげす》んだ目を向けられても、三井は特に気にするでもない。しきりと首をひねるだけだ。

「何、それ？」

「俺たちの前でごねた相手に、あんな返ししたの、見たことないんですよ」

ヤるだけの相手じゃないと言ったことか。それともいきなりキスをしたことか。

「アニキはあんなふうに試されるの嫌いなんで、たいていは冷たくあしらわれるんです。だから」

「俺とあいつがデキてるのかって聞きたいわけ？」

「そうじゃなくて」

「はっきりしないな。言えよ」

苛立《いらだ》った佐和紀の声に、石垣は一瞬だけ天井を仰ぎ見て答えた。

「もしあんたがアニキを好きで、俺たちに他の相手のことを聞いてるんだったら、たぶん嫌な結果が出ますよ。まだヤッてないんですよね？　手の早いアニキがあんなに後ろ髪引かれてるのは、初めて見た。仕事がなかったら、確実にベッドの中に連れ込まれてます」

立て板に水の勢いで言い切った石垣は、額に汗をうっすら浮かべている。

「あいつ、どんだけエロいんだよ……」

「あぁ、わかった！」

三井が声をあげる。慌てて石垣が止めようとしたが遅かった。

「あんたがアニキに惚《ほ》れてても、アニキが優しいのはヤるまでのことだ、から……あれ、なんだよ。俺なんか変なこと言ってるか？」

冷たい目で見据えた石垣が舌打ちする。

「むかつく態度だなぁ。だってそうだろ？　アニキが好きになってるわけねぇじゃん。女とも男ともまだ手を切ってねぇし」

「恋人いないって言ったよな」

佐和紀は言葉を挟んだ。

「言ったよ。アニキにとってセックスはゴルフと一緒だからな。百発百中のホールインワン！」

「ばっか、おまえ！　アニキに殺されっぞ！」

石垣に口をふさがれた三井の顔から血の気が引いた。

「き、聞かなかったことに」

「別に問題ないだろ。岩下は秘密にしとけって？」

「結婚するって話が出て、まだ相手も決まってないときのことですから。身ぎれいにするんですかって聞いたら、そんなことは黙ってればわからないって。……気にならないならいいんですけど。アニキ、病気は持ってないですよ……」

取ってつけたように言った石垣は、まだ奥歯にものが挟まったような言い方をしていたが、それ以上の興味を失って佐和紀は黙り込んだ。

急に胃の奥がムカムカして、肌がちりちりと敏感になる。今すぐ誰かを殴りつけたいような苛立ちを覚えて三井を見ると、殺気を感じたのか、ビビリあがって後ずさった。

「なんか、握り飯、食いすぎた。部屋で寝てくる。夕方からあいつの舎弟揃い踏みで食事会？　それには間に合うように起こしてくれたらいい」

番茶を飲みきって、佐和紀はキッチンから出た。

離れへ向かって歩いていると、小走りな足音が追ってきた。足を止めて振り返る。

「なに」

そっけなく聞くと、なぜかまだ少年らしさの残る石垣の顔が苦く歪んだ。

「余計なことだってわかってますけど……。アニキも覚悟して、男の嫁を選んだんです。だから、変に突っかかったりしないでください。確かに、ちょっと、下半身関係が強すぎる人ですけど、自分の嫁を泣かすような男じゃないです」

「惚れてんの」

「茶化さないでください」

「おまえ、高卒？」

「大学、中退してます」

「それでこの世界入ったのか、バカだなー」

「いろいろトラブルがあったんで、表じゃもう通用しないんです」

「ふぅん。いろいろだな。……自分のアニキが男の嫁もらって嫌だろ」

組んだ腕を袖に隠しながら聞くと、石垣は一瞬だけ視線をそらした。それから佐和紀をまっすぐに見る。

「事情がありますから、気にしてません。俺はあんたが来てくれて、よかったと思ってますよ。岡崎さんなりに考えてくれたと思ってます」

「大きい組は大変だな。うちみたいに二人きりってのも歪むけどな」

「あー。……今日から、俺も姐さんの舎弟同然ですから。バカの三井も岡村もそのつもりでいます。よろしくお願いします」

気持ちのいい挨拶をする石垣に正面から向かい合えず、佐和紀は歩き出しながら後ろを見ずに手を振った。

周平が遊び人でも、そんなことはどうでもいい。

自分とセックスするための、期間限定の優しさだとしても、それでいい。

いいと思うのに、納得すればするほど、佐和紀はどんよりと重たい気分になった。

松浦組長と過ごしていた六畳二間の暮らしの方が、人に溢れているこの屋敷よりもよっぽど孤独じゃなかったと思う。

幸せを求めて受けた結婚じゃない。そんなことは百も承知だ。

どちらにも打算があり、利が絡んでいるからこそ実現した非常識な話なのに。

一度抱かれれば終わるのか。

それとも、二回三回と繰り返されるのだろうか。

周平が抱いてきた男たちと比べられて、そして同じように飽きられていくのか。

考える必要はないと思うほどに考えてしまう佐和紀は、暗い自室の中でうずくまった。

大きく吸い込んだ息を、細く吐き出す。

こんなことを、受けなければよかったのだ。

少なくともセックスはしない条件にすればよかったとも思う。それが入っているから成立したことだと理解できても、周平に抱き寄せられるたびに熱さを覚える自分がわからない。

石垣は突っかからないでくれと言ったが、たぶん、そんなことは無理だろう。

周平が自分を空気のように扱ったとしても、それはもういまさらだ。もしも、こおろぎ組に帰されたとしても、それもまたいまさらだった。

こんなに人の気を引こうとしたことはない。

モーションをかけ、戻ってくる反応に心は一喜一憂している。

佐和紀はくちびるを噛んで頭を抱えた。ごろりと床に転がり、小さく小さくなる。

もう気づいていた。

今まで誰も居座ったことのない佐和紀の心の一画に、あの男は堂々と陣取っている。からかわれたくなくて、それなのに、相手にはして欲しくて、まるで子どもみたいに突っかかりたくなる。

人はこれを『恋』と呼ぶのだろうか。

よりにもよって、あの男に惹《ひ》かれている。ろくに会話もしていない。ただ、抱き寄せられ、キスしただけの相手なのに。

「組長《オヤジ》……。俺、ダメだぁ……」

佐和紀はつぶやきながら、両手両足を伸ばして大の字に寝転がった。

大滝組の上層部の若い衆と、それから周平の直下にいる構成員が集まった夜の食事会は、いわば前日行われた祝言の二次会だった。料亭を貸し切った大広間で、昼間とは別の和服を着た佐和紀は挨拶もそこそこに三井と石垣のそばに紛れ込んだ。

「ちょっと……、姐さん、俺言いましたよね」

石垣が顔を引きつらせながら言った。それもそのはずだ。自分のそばからさっさと離れていった佐和紀を目で追った周平は、あきらかに自分の舎弟たちを睨んでいた。

「突っかかるなって言われたから離れてるんだ」

「ストレートに取りすぎですよ。席に戻ってください」

「舎弟と友好を深めたっていいだろ」

「後にしてくださいよ」

ぼそぼそと話す二人のそばで、岡村のグラスを持つ手が震えている。

「これから、アニキのあの目に耐えていくかと思うと胃が悪くなりそう」

「気にしすぎ、気にしすぎ」

神経の太い三井ははははと笑って、テーブルに並ぶ料理に箸《はし》を伸ばす。

佐和紀が紹介された瞬間こそ、まさかの『こおろぎ組の狂犬』登場にざわめいた会場だったが、周平と岡崎を前に文句を言う人間はいなかった。それ以前に、道端を歩いているときとは雰囲気の違う佐和紀の着物姿に、すっかり毒気を抜かれている。

「おまえらも、俺の担当なんて嫌だろ」

岡村の前に置かれたタバコの箱から一本抜くと、石垣がすかさずライターの火をつける。条件反射の素早さだ。

「ほんと、嫌だ、嫌だ」

軽口を叩く三井が灰皿を引き寄せて佐和紀の手の届くところに置いた。

「姐さん、せめて俺たちを睨まないように言ってきてくださいよ」

岡村が遠くから突き刺さってくる視線を避けて佐和紀に泣きつく。

「めんどくさ」

一言で却下して、タバコを吸う。立て膝になると、気づいた石垣が足を押した。

「足崩すならあっちを向いてください」

「細かいな、おまえ」

「ちょっとは自分の外見に自覚持ってくださいよ」

「持ってるよ」

「持ってねぇだろ。いつもの趣味の悪い服着てれば、顔の綺麗なチンピラ程度なのに、そんなの着たら大変身《だいへんしん》になってんだよ」

三井が言った後で、岡村が慌てた声を出す。

「ダメですよ、アニキの眉間《みけん》のシワがいっそう深く……」

「俺たち、明日、ドラム缶に詰められて相模《さがみ》湾に沈んでるかもな」

石垣の言葉を聞きながら佐和紀は身体を斜めにして、人がいない方向に向かって足を立てた。滑り落ちた裾をそのままにしていると、振り返った石垣が渋い顔でかけ直して元に戻る。

「しらすに食われたくねぇよ」

笑う三井の背中に、佐和紀は声をかけた。

「間違いなく、おまえは歯で誰かわかるから大丈夫だ」

「はいはい。姐さんのおかげですね」

「完全に抜けてたら入れ歯だろ。よかったじゃないか、残っていて」

妙に冷静に岡村が言った。

「いや、真ん中は抜いたんだよ。ブリッジ差し歯」

三井の答えに、佐和紀は笑った。

「俺のおかげで歯並びが良くなったな」

「勝手なこと言うな。こっちはいい迷惑だ」

煙をふかす佐和紀を、肩越しに振り返る。

「今度は鼻を高くしてやろうなぁ」

「金も出せよ」

「岩下が出すだろ。俺も胸作ろうかなぁー」

ため息混じりの一言に、三人が揃ってビールやら食事やらを噴き出して、被害をこうむった周りが慌てふためいて大変なことになる。

「しゃれになんねーよ！」

「それだけは……！」

「気を確かに！」

佐和紀専属の三羽ガラスは冗談を真に受けたわけでもないだろうに、三井、岡村、石垣の順番に飛び上がり、周りの顰蹙《ひんしゅく》を目いっぱい買う。

笑いを噛み殺してタバコの煙を吸った佐和紀は、何気なく周平へ視線を向けた。いつのまにか厳しい表情は消え去って、騒がしい舎弟たちに苦笑いを向けている。

胸の奥がまたツンッと痛んで、佐和紀は視線をそらした。その先にいる岡崎と目が合って、それもばつが悪くてうつむくしかなくなる。

あとは宴会が終わるまでぼんやりタバコを吸いながら過ごした。手元に置いたグラスのビールがなくなれば　そばにいる三人のうちの誰かが注《つ》ぎ足してくれる。

そうして、ほどよく酔いが回った頃に食事会が終わり、二次会へ繰り出す舎弟たちに見送られて周平と岡崎の車に同乗した。一緒に行きたかったかと岡崎から尋ねられたが、適当に答えて窓の外へ目を向けた。

疲れて目を閉じているうちに帰り着いて、その頃には酔いもほとんど醒めていた。車を降りた際に、キッチンで京子に言われたことを岡崎に念押しされた佐和紀は、友好的な夫婦関係を構築するために、布団の並んだ寝室へおとなしく入った。

シャワーを浴びた身体に紺色のパジャマを着て、少し開けた障子とガラス戸のそばでタバコの煙をくゆらせる。

「何言って、慌てさせたんだ」

佐和紀の後にシャワーを浴びていた周平から入ってくるなり声をかけられて、思い出し笑いしながら答えた。

「三井に今度は岩下持ちで鼻を整形させてやろうかって言ったら嫌がるから、俺は胸を作ろうかって言っただけ」

「胸？」

「おっぱい。欲しいだろ？」

あぐらを組んで揺れながらにやにや笑う佐和紀の指からタバコを取った周平は、そんなことかと言いながら隣に座った。青いシルクのパジャマの上からナイトガウンを羽織っている。

「いいチョイスだっただろ」

「あの三人か。そうだな。俺に会ってから決めた?」

「今朝な。あいつら三人とも極道には向いてないんだよな。街のチンピラだろ」

「俺とおんなじ匂い。三井なんて特に」

「でも、三人ともバカじゃないからな。あの三井もな」

自分の舎弟のことはよく見ているらしい。どこか嬉しそうに笑う周平の目を見つめた佐和紀は、タバコを取り戻して灰皿に押しつけた。火を消す。

「あんたのこと、聞いたよ」

いろいろと、と付けたしながら手のひらであごのラインを撫でる。近づいてくるくちびるを待って目を伏せた。息が肌にかかって、思わず身を乗り出してしまう。

周平の手も、佐和紀の顔の輪郭をなぞった。

「シリコン入れたら、感度が落ちるぞ」

「乳首あれば変わらないんじゃないの」

パジャマの裾から忍び込んだ手に薄い胸を揉まれて、佐和紀は笑う。

さりげなさを装った誘いに周平が当然のように乗ってきて、内心はホッとした。

「くすぐったい」

爪《つめ》の先が、まだやわらかな肉芽を弾く。

「……んっ……。あんたさぁ、やっぱり色事師なんだってな」

「あいつら何を言ったんだ」

忌々しそうに舌打ちした周平に抱き寄せられ、あぐらを組んだ足の上に乗せられた。背後から腕がまわり、ボタンは片手で簡単にはずされていく。

「仕事柄、情報を集めるのにやってるだけだ」

「そういうもんじゃないだろ。実益兼ねてんだろ？」

「嫉妬《しっと》してるのか」

周平の声が耳をかすめ、佐和紀は大きく身震いした。胸の奥がやっぱりチクチクと痛み、嫌な感じでざわめいている。

「んん……あ、はぁっ……ぁ」

うなじを吸われながら乳首を肌に押し込まれて、佐和紀は答えることを放棄した。腰にまわった腕と、乳首を巧みにいじる指にそれぞれ右手と左手を添わせて、吐息をゆるゆると吐き出した。

広い胸板に預けた背中から、じわりと温かさが広がって目を閉じる。

まだわずかに残った酔いに頭の中が痺れていく。

「……ふっ、……んっ……」

周平の両手が乳首を摘み、鋭い刺激が身体を走り抜ける。佐和紀はたまらずにのけぞった。拳をくちびるに押し当てて歯を立てたのは、声をこらえたからじゃなく、快感の波があまりにも心地よかったからだ。

ぐっと押し上げられ宙に放たれる感覚は、高い堤防から海に飛び込むときのスリルに似ている。子どもの頃、よく一人でそうやって遊んだ。日に焼けてもすぐに白く戻ってしまう肌を人に見られるのが嫌だった。

「痛いか……？」

「え？」

親指と人差し指でこねていた圧力がゆるみ、声を詰まらせていた佐和紀は焦れた。刺すような痛みはあったが、苦痛を感じるほどではない。

もっとしてくれとは言えない佐和紀の耳の裏側に舌を這わせ、周平は胸と腹を撫で回しながら笑う。息が首筋にかかると粟立《あわだ》つ肌を、また舐められる。

「これ以上、強くはしない。……勃起してるか、確かめてやろうか」

指がパジャマの腰周りをいじった。

「勃ってるよ」

佐和紀は答えた。それは周平も一緒だった。座らされた尻の肉を押し返す硬さは、さっきまではなかったものだ。

空調の効いた部屋は、障子が遮ったガラス戸の放つ冷気がかすかに届くぐらいで、上着を全開にされても寒くはない。腰を少し上げさせられて下着ごとパジャマをずらされながら、佐和紀は暑いぐらいだと思った。

お互いにセックスするのかしないのかと、問うこともなく行為は始まる。昨日の延長線上のようでいて、そうでもない。

夫婦になったから当たり前のように行われる夜の営みというほどの情感もない。

ただ、互いの身体に興味があるだけだ。

男を抱くのに慣れている周平は新しい身体を味見したいと思い、男に抱かれたことのない佐和紀は新しい快楽に溺れている。ただそれだけの即物的な情欲に過ぎない。

だから、これは『恋』じゃないんだと佐和紀は目を閉じて考える。理性的に否定したつもりになって納得しようとするのに、次の瞬間にはやっぱり違うと気づいてしまう。

無理強いをせず性急でもない周平のやり方が、慣れているからだとわかっていても、経験の少ない佐和紀の心に響く。大切に扱われている気分になる。

膝を抱えるような姿勢を取らされて、片足をパジャマから抜いた。

もう片方の足にひっかけたまま、周平の指が下腹部へ伸びる。すぐには中心に触れず、柔らかな茂みを探られる。

「……あっ……はぁっ……」

吐いた息をすぐに吸い込み、そしてまた吐き出す。

もう片方の手が内ももを優しく撫で、佐和紀は自分の体温が熱でも出たみたいに上がるのを感じた。白い肌に赤みが差し、指の先までかぁっと一気に火照る。

「おまえのここは薄いんだな」

「んっ……」

「短くて、いやらしい。銭湯行ったら丸見えだろ」

「うるっ、さいよ……。どうでもいいこと、言うな」

指は茂みを揺らしながら肌を伝い、足の付け根をくすぐる。それも優しく淫らにだ。

焦らされて耐えきれずに伸ばした指を振り払われた。

「なっ……！」

背後からまわってきた手が、佐和紀の両手の甲を掴んだ。指が絡む。

周平が足で勢いよく障子を開けた。たんっと小気味のいい木の音が響くのと同時に、ガラス戸に映る二人の姿が見えた。

「……じょ、うだん……」

周平の足の上で膝を開いている自分の姿を見た佐和紀は、声を詰まらせてとっさに身体を前へ倒した。

「見えなきゃ、おもしろくないだろ」

含み笑いをこぼす周平がやけに声を弾ませる。手に指を絡ませたまま腕ごと抱きしめるように起こされて、佐和紀は顔を背けた。

何もかもが夜鏡に映し出されている。火照った肌も、歪む表情も、そして快楽に屹立《きつりつ》する性器も。何もかもが周平の目の前にさらけ出されていた。

自分の心まで見透かされそうなのに、冷える心を裏切って身体は熱さを増す。

「見られて、感じてるのか？　反り返ってきてるぞ」

案の定、言葉で責められて、佐和紀はくちびるを噛んだ。何も知らなかった昨日の晩なら、やり過ごすことも開き直ることもできたかもしれない。

でも、特別な感情を覚えた今は、恥ずかしさが身悶《みもだ》えたくなるほどつらい。

「いい大きさだな。小さくもないし、形もいい。ちょっと短めか？」

「どうでもいいだろ！　いちいち声に出すな！　駄々漏れなんだよ、ヘンタイ。色魔、ド助平！」

「そうだよ。変態だし色情魔だし？　それに助平も当たってるな。こんなこと言ってるだけで、腰の揺れるおまえの息子が、いつ泣き出すかと思うとたまらなくなるよ」

「やめ、ろ……」

「いろいろ、あいつらから聞いたんだろ？　ここも後ろも、他のやつらとたっぷり比べてやるよ。順位を教えてやろうか」

「好きにしろよ……っ」

叫んだ佐和紀は身をよじった。けれど、逃げ出せるはずはない。

本気で嫌がっていない身体は触れられることを待っているだけだ。快感のスイッチを探すように優しかった今までと裏腹な激しさにも、身体は怯えるどころか淫らな快感を覚えてしまう。

優しくても、激しくても、どっちでもいい。それが周平の手や指やくちびるであれば、佐和紀は感じてしまうからだ。昨日、抱き寄せられてくちびるを吸われ、肌が温かさを感じたときからもう周平の手管に落ちている。

「……ん、……はっ……！」

「おまえも比べるんだろう？　こうやって触らせた別のやつらと」

「……岡崎と、比べて……やるよ」

苦しまぎれに口にした言葉に、周平は苛立ったらしく、佐和紀を摑んだ手が目的をもって前後に動き始めた。強い力でしごかれて、摩擦の痛みに快楽が混じる。それが周平のテクニックだということはもうわかっていた。

「……あ、あっ……んっ……」

「へぇ。そんな声を出して喜ばせてやるんだな。さぞかし夢中になってしごいただろ、他のやつらも。アニキと比べてみろよ。どんなことされた？　……こうするか？」

指の腹が先端の割れ目に押し当たる。ぐりぐりと刺激されて、佐和紀は喘いだ。

「ふ……っ、あぁ……くぅ……っ」

「もうパンパンにさせて、早いな……。俺の手が、そんなにイイか？」

否定すべき言葉に、佐和紀は腰を弾ませた。肯定したも同然の反応にもがきながら、いつもと変わらないとつぶやく。

「まどろっこしいな。顔、見せろよ」

引き倒された。冷たい畳の感触が、パジャマがまくれ上がった背中に当たる。佐和紀は寒さに驚いた。顔を覗き込んできた周平が、眉をひそめながらくちびるを重ねる。

それから背中に腕をまわして身体を持ち上げ、肘をつく姿勢になった佐和紀を追い込むように激しくキスを繰り返す。佐和紀は何も気づかずに後ずさった。何度もくちびるを吸われ、頭がぼうっとした頃には柔らかな布団の上にいる。

「膝が痛いの、嫌なんだよ」

周平の言葉の意味を理解できずに、いぶかしげに返した視線を笑われる。

「おまえに突っ込んだときに、俺の膝が畳でこすれると痛いって言ってんだよ。まさか、手だけで終わると思ってないだろ？」

のしかかった周平が手を滑らせる。反り返った性器からまっすぐ下がった先をそっと撫でられ、佐和紀は身をすくませた。

忘れていたわけじゃない。ただ、現実を突きつけられて、本能が怯えた。

欲しいと思う自分の気持ちがあからさますぎて、佐和紀は混乱しながら怖くなる。

「初めて男を知る女みたいな顔してるな。処女を食うのは好みじゃないが、自分の嫁が初物ってのは悪くない。仕込んでやるよ。いろいろと。……なぁ？」

周平は好色に笑った。それが苦みばしった顔には色っぽく映える。

小さく喉を鳴らしながら、布団へと熱い頬をすり寄せた佐和紀は、そのまま指で布地をかき集めた。

「怖いか？　佐和紀」

蕾を指で何度もなぞる周平は、答えない佐和紀の顔をわざと覗き込みながら人差し指と中指をこれ見よがしにしゃぶる。濡れた音をさせてくちびるから引き抜いた指には唾液がたっぷりと絡み、周平はそれを固い蕾に塗りつけた。

爪の先からゆっくりとねじ込まれ、のけぞるように逃げる佐和紀を、指は容赦なく追いかける。

「……くっ、う……ふっ……」

受け入れるために力を抜く方法もわからない佐和紀は、やみくもに逃げようとしては指に犯された。

ぐりぐりと肉を割くように侵入する。入れられているのは人差し指一本なのに、もっと太いものが押し入ってくるようで身体が硬くなった。

「きついな」

小刻みに出し入れさせながら、周平は楽しそうにつぶやく。

指を入れてみて、処女の看板に偽りないことを確信したのだろう。今から散らす花の希少価値を楽しむように、男の指はいっそういやらしくうごめいた。

内壁をこすられるたびに圧迫感に襲われる佐和紀は、次第に居心地の悪い感覚を生む一部分の存在に気づいた。

そこを指の固さがなぞると、腰周りにじんわりと違和感が広がる。それは背徳の匂いがするほど強い快感だった。

「……ん、ふぅ、……んっ……」

気持ちよさに甘く息が漏れる。

「どうだ？　初めてくわえる男の指は。うまいだろう？」

乱れかかる髪を掻き上げられた佐和紀は、欲情している周平の目をちらりとだけ見返して顔を背けた。熱っぽい喘ぎがくちびるから間断なく漏れ、それを恥ずかしいと思う余裕もない。

「あ、あぁっ……。い、いやっ……」

後ろを指で犯されながら乳首をいじられ、佐和紀は大きくのけぞって跳ねた。女のように細い悲鳴が口をついて出る。

股間の屹立の先端からは、透明な雫《しずく》が溢れた。

「あんっ……あ、あ……」

「……いッ。おまえ、食いちぎるなよ……」

狭い場所を拡《ひろ》げようと回転する動きに、しどけなく佐和紀は脚を開いた。ほぐれてくるのが指の動きでわかる。指の本数が増やされ、また苦しい圧迫感が戻ってきた。

痛みとも嫌悪感とも違う、心を根本から揺り動かす激情のくすぶりが佐和紀を翻弄した。

「んっ、……やっ、あ、ぁ……」

シーツの上で身悶えて、佐和紀は噴き出てくる汗で肌を湿らせた。白皙《はくせき》の頬は快楽で上気して、壮絶な色気を周平に見せつける。

初めて経験する感覚に、怯えながら身を任せた。拳をくちびるに押し当て、かすかにしゃくりあげて声を詰まらせる。

目を奪われるように佐和紀を注視していた周平が眉をひそめた。パジャマと下着の中から完全に勃起したイチモツを取り出してしごく。

それを目にした佐和紀は大きく息を吸い込んだ。

「……無理ッ……」

「逃げるなよ。おまえの顔見てると興奮してきた……」

「そんなの、入るわけ、ない……ッ」

「入るよ。一度入れれば病みつきになる。……みんな、そうだからな」

「……ッ……」

周平の心無い一言に、佐和紀はくちびるを噛んだ。

自分は初めてでも、周平はそうじゃない。特別に感じているのは自分だけだと現実を突きつけられて目を閉じる。

「……あぁっ！」

指が引き抜かれた。ずるりと濡れた感覚に背筋が痺れる。

佐和紀は温かい肌を求めようと伸ばしかけた指を握り込んで顔を隠した。

快楽に溺れているのを見られるよりも恥ずかしいことになりそうで、それなのに強がる顔さえ作れそうにない。

身体はもう、とろけていた。冷水を浴びせるような言葉にも萎《な》えることはない。

それでもせつなさはぐるぐると胸を回り、願ったところで叶うはずもないことだと佐和紀はこらえた。

周平の嫁として正当に扱われさえすればいいのだ。飽きるまで何回あるのかはわからないが、気まぐれに付き合って足を開き、他の男や女たちのように抱かれれば、いつか近い未来に周平は佐和紀を気にもかけなくなるだろう。

少し遊んで使い捨てられるオモチャのように、部屋の片隅でホコリをかぶって忘れられていく。

耐えられないと思ったところでどうしようもない。これが自分の選んだ道だった。組を存続させるための唯一の手段だ。

硬い熱がまだ完全にはほぐれていないはずのくぼみに押し当たった。周平が大きく息を吸い込んでのしかかってくる。足をさらに開かされて、腰の下に枕を差し込まれた。

「いやらしい穴だな。こんなところまで色白で……。真っ赤になるまで、これでこすり上げてやるよ」

「……ぁ、はっ……」

顔を隠した腕をはずされる。視線を合わせようとする周平から逃げ回って、佐和紀は脚をばたつかせた。

顔を見られたくない。ましてや目を合わせたら終わりだ。

感情がすべてばれてしまう。

「見、んなッ……」

そんな言葉が周平をさらに煽ることさえ佐和紀は知らない。周平は燃えるような目でいっそう顔を覗き込もうとして、佐和紀の細いあごを摑んだ。

「俺の『女』になれ」

佐和紀は滲《にじ》む視界の中に映る周平を睨んだ。浮かんでくる涙を、周平は屈辱のためだと思っただろうか。

『女』になんてされたくはない。そんなすげ替えの利くものになるのは悲しすぎる。

そう思いながら佐和紀は目の前の男を求めた。

初めて知る熱い想いに、羞恥《しゅうち》も屈辱も、みっともなさも忘れる。

ただ、キスをして欲しいと思う。抱き寄せて肌をさすって、嘘《うそ》でもいいから優しくされたい。そうすれば、今夜だけは自分を騙《だま》せるような気がした。

でも、それも叶わない願いだ。

現実はいつだって残酷で、決して都合よく形を変えたりはしない。

太い男根に唾液を塗りつけた周平は手を添え、佐和紀の顔を眺めながらぐっと腰を進めた。狭い入り口を質量が押し広げようとする。

「……ひぁ……、あ、ぁ」

佐和紀のくちびるを周平が吸った。くちびるが深く合わさり、舌が動く。

「んんっ……」

貪《むさぼ》られるままに身を委《ゆだ》ねた佐和紀は、薄くまぶたを開いた。間近にいる周平と目が合う。

ビクンと身体が跳ねた。ゾクゾクとした痺れが肌を這い回り、急激に起こったたまらないほどの快感に強く目を閉じる。

叫んでしまうと思った瞬間、

「やめた」

その一言で周平が離れた。

「な、に……?」

「やめた。気分じゃなくなった」

そう言うわりには、股間のものは目に余る質量のままだ。

起き上がった佐和紀の勃起に視線を向けた周平は投げやりに言った。

「風呂場で抜いてくる。おまえはここで処理しとけ。隣で寝るからな。京子さんが朝方にチェックしに来ないともかぎらないしなぁ」

笑いながら立ち上がる。今の今まで、セックスしていたとは思えないほどの気楽な口調だった。

息も整い、声には冷静さがある。

「岩下」

佐和紀は戸惑った。

わけがわからない。身体の芯はまだとろけている。準備された場所は期待したまま、焦れるほどに熱くなっているのに。

「呼び方、考えとけよ」

周平が振り返った。乱れた髪を掻き上げる指の動きに佐和紀は見惚《みと》れた。

「まがりなりにも夫婦だ。もう、籍も入ったし、披露宴も終わった。いまさらお互いに逃げられない事実だろう」

「俺じゃ、不満だって、言うのか」

自分の置かれている状況を理解できないままで口にできたのはそれだけだった。冷静な振りをしても、声に現れる感情は隠せない。

「まぁ、そういうことだな。おまえとは気分が乗らない」

それ以上の質問は受けつけず、周平はさっさと部屋を出ていく。

残された佐和紀は、その場にぐったりと倒れ込んだ。

股間は処理する必要もなく、急速に萎えた。

無意識にくちびるを指でなぞりながら、天井を見上げる。自分の動悸《どうき》だけが激しい。心臓の音が身体の中で響いていた。

交わしたキスには、あきらかな周平の欲望が滲んでいた。あのタイミングでキスをされて、優しい行為に、佐和紀は確かに周平も欲しがっていると思った。それなのに。

佐和紀にはもうお手上げだった。考えたところで、答えなんて自分には見つけ出せない。恐る恐る口にした、あの言葉だけが真実なのだろう。

周平が何を不満だと感じたのかはわからないけれど、きっと何かが不興を招いたのだ。

下着とパジャマをたぐり寄せながら、ガラス戸に映る自分の姿を見る。岡崎を含め、援助を取りつけた幹部たちは判で押したように、セックスしたくなるほど色っぽいと言った。

それなのに周平だけはそう感じないのだろうか。

本人が言ったように、美少年と美女が好みだから、佐和紀のことは目に入らないのかもしれない。

でも、それでも、と佐和紀は心の中で繰り返した。

周平だって盛り上がっていたはずだ。いやらしい言葉を並べ立てて、いちいち佐和紀の反応を見ては欲情しているように思えたのは都合のいい妄想だったのだろうか。

服を着た佐和紀は布団をかぶって横になる。

考えたってわからない。それでも、何が原因なのかはっきりさせないと気が気じゃない。

周平を問い詰めると息巻いて布団をぎりぎりと摑んだ。

それなのに、佐和紀は戻ってくる周平を待ちきれずに、いつのまにか眠っていた。

ピシャリと気持ちのいい音をさせて将棋盤に駒《こま》を置き直すと、手元をじっと見つめていた三井があわあわと声をあげた。

「ちょ、ちょっ……それはまずいだろ。どうして、そこなんだよ。えー、無理だろ、これ」

チラチラと向かいに座る佐和紀を見る。離れの縁側で、佐和紀が嫁入り道具に持ってきた将棋盤を囲んでから一時間。三井は驚くほど弱い。これで三度目の勝負だ。

庭先には春めいた日差しが差し込み、風の冷たさも心地がいい。

「もう、おまえはいいだろ。今度は俺の番だ」

岡村が押しのけるように身体《からだ》を割り込ませる。

「いやいや、ちょっと待ってよ」

三井が粘って、押し返す。

片足を庭に下ろした姿勢で座った佐和紀は、縁側に残した足首を摑《つか》みながらもう一人の舎弟を見た。

「石垣、おまえ座れよ」

「ハンデがないと勝負になりませんよ」

言いながら三井を押しのけて座った石垣が言う。

「わかってる」

佐和紀は答えながら二人の間に置かれている将棋盤を回転させた。

「おまえ、続きを指せよ」

「結果はわかってるじゃないですか」

「それはどうだろうな」

佐和紀はにやりと笑って次の一手を指した。

「そんなとこ、意味ないだろ！」

三井が声をあげる。

「黙ってろ、黙ってろ」

軽口を叩《たた》いて笑うと、真剣な目の石垣が唸《うな》った。舌打ちした三井がつまらないと言いたげな顔をしてあぐらを組む。

「どーせ、石垣の勝ちなんだから、次は将棋くずしやろうぜ」

「子どもかよ」

笑った岡村が庭の人影に気づき、身を正して一礼した。

「おまえらは定年した老人か」

あきれたように言ったスーツ姿の周平に、三井と石垣が慌てて立ち上がる。薬指で眼鏡《めがね》の位置を直す佐和紀は、座ったままだ。

周平から座るようにジェスチャーされた石垣が縁側に腰を下ろした。

「とんでもないとこに置いてるな。……こうだろ？」

言いながら、次の駒を動かした。

「邪魔すんなよ」

今日も着物姿の佐和紀は邪険に言って顔をあげる。

「出かけるのか？　誰《だれ》を連れていく？」

「今日はいいんだ。遊んでろよ。……夜は遅くなるからな」

佐和紀のそばに寄り、頭を抱き寄せると髪へ鼻先をうずめる。

三日前の一件の後、周平は見かけだけの仲良し夫婦を演じることにしたらしい。

夜は並べた布団でそれぞれ眠る。忙しい周平との生活はすれ違いの連続で、同時に就寝するのはもちろん、あらたまって会話をすることも難しい。

「若者らしくカラオケでも行けよ」

「押しつけんなよ」

佐和紀が次の一手を指す。周平も続けざまに指し返す。応酬を何度か繰り返した後、佐和紀が王手を指した。

「えーっ！　ありえねぇ！」

眺めていた三井が大声で騒いだ。

「元々、石垣の指していた方が姐《あね》さんだったんです」

怪訝《けげん》な顔をした周平に岡村が説明した。

「よし、終わり。三井、将棋くずしするぞ」

笑いながら佐和紀は盤から駒を下ろした。

「するする！」

三井は周平の前でも佐和紀にタメ口を使う。誰も咎《とが》めないので、いつのまにかそれが定着していた。

「今日は外に食いに連れていってくれ。息抜きさせないとな」

財布から一万円札を数枚取り出し、岡村に押しつけた周平が四人をぐるりと見渡した。

「佐和紀、裏のラーメン屋で済ませるなよ」

「ほっとけよな」

「……遅くなるから、寝てろよ」

「誰がおまえなんか待つか。行け、行け」

追い払うように振り回す手を、周平に掴まれた。

三人の舎弟は慣れたもので、すいっと視線を庭へ向ける。

眼鏡をかけたまま、周平は首を傾けた。座っている佐和紀のくちびるを吸う。

軽く嚙《か》まれて、色の薄かったくちびるに赤みが差す。

「行ってこいよ」

眼鏡をはずした佐和紀は、襦袢《じゅばん》の袖でレンズを拭《ふ》く振りをしてうつむく。相変わらず周平のキスは気持ちがよくて、思わず舎弟がいるのも忘れて舌を絡めたくなる。

周平の夫婦ごっこのルールはよくわからない。寝る間際のキスはしないのに、こうして出かけるときと帰ってきたときは、自分勝手に佐和紀のくちびるを奪う。何もかもが気まぐれだ。

「行ってくる。……悪いな、おまえら」

苦笑いしながら、周平は一番手近にいた岡村の肩を叩いた。

「行ってらっしゃいませ。若頭補佐！」

舎弟の三人は声を揃《そろ》えて頭をさげる。

スラックスのポケットに手を突っ込んで、振り返らずに手をあげる背中を佐和紀は黙って見送った。広い背中は反り返りすぎることもなく、背筋がシャンと伸びている。歩く姿もスマートで、ヤクザというよりは実業家に見える。

「姐さん、もうちょっと優しい言葉はないんですか」

振り返りざまに眉《まゆ》をひそめるのは、周平を尊敬してやまない石垣だ。

「だいたいアニキが甘やかしすぎなんだよなー」

三井がぼやいた。

「まぁ、誰でもそうなるか……」

眼鏡をかけ直す素顔を垣間見《かいまみ》て、深いため息をつく。

「歯を折られてなかったら、わかんないもんなぁ」

「わかんないって、なんだよ。それ」

立ったままの岡村が問うと、三井は思いっきり顔をしかめて唾《つば》を吐くように言った。

「こいつ、顔だけはいいんだよな！　男なのにさー。わかってんのに、なー」

「俺をズリネタにすんなよ」

佐和紀がふっと笑う。

「まぁ、欲求不満が顔に出てるあたり、そそるのは確かだけど」

上目遣いにちらりと視線を向けた石垣が、将棋盤の中央に将棋の駒で山を作りながら言う。

「誰が？」

佐和紀が不機嫌な顔になるのを待っていたかのように笑い、今度はじっと見つめた。

「してないんですよね」

「どうしてわかるんだよ」

言葉を挟んだのは岡村だ。

「二人を見てればわかる」

四人の中で一番、頭脳と勘のいい石垣はなんでもないことのように答える。

「どんなセックスしてようが、一回でもやれば微妙に関係が変わってくるのに、アニキも姐さんもよそよそしいままだ。あのアニキの気の使いよう！」

「使ってないだろ……」

佐和紀がつぶやくと、三人は揃って首を振った。そこは満場一致らしい。

「使ってるよ。あんな姿、他のヤツらが見たら奥歯がすり減るぐらい悔しがるだろ」

「そういう余計なことは言うな」

三井の軽い口を、石垣が睨《にら》む。

「他の、ヤツら、ね」

つぶやく佐和紀は、立てた膝《ひざ》に腕を投げ出した。他の舎弟たちじゃなく、外にいる、他の『男』や『女』だ。

「さぞかし惚《ほ》れられてるんだろうな」

「アニキは相手にしてませんから」

岡村が即座に答えた。

「でも、アニキがまだ手を出してないって、おかしいよな？」

こそこそと石垣に耳打ちしたつもりなのだろうが、三井の声は全員に筒抜けだ。石垣がうっとうしそうに仲間の顔を押しのける。

「食べたいものは一番初めに食べるのがアニキだろ」

「おまえは本当に余計なことしか口にしないから、黙って山を崩してろよ」

苛立《いらだ》ちを隠さない石垣は、佐和紀の視線に真顔を返す。

「そんな目で俺を見ないでくださいよ」

「こっちを見られても、困ります」

岡村もあたふたと手を振り回す。

「確かに、欲しいものにはさっさと手を出す人ですけど……、姐さんは、その、嫁なわけだし。……それに」

岡村は残りの二人に視線で助けを求めたが、完全に無視される。ぐったりと肩を落として続けた。

「それに、アニキの手を出すタイプと、ちょっと違うから」

「あぁ、俺はおいしそうじゃないわけだ」

「拗《す》ねんなよ」

へへっと笑った三井の頬《ほお》を、振り向きざまに佐和紀は張り飛ばした。

「自業自得だ」

石垣が、呆然《ぼうぜん》と頬を押さえてまばたきを繰り返す三井を冷たい目で見る。

「別にセックスするために、ここに来たわけじゃない。やらないで済むなら、こっちだって本望だ」

「……そのわりには」

石垣が佐和紀に向かって目を細めた。

「俺たちにまで、漏れてますけど」

「何が」

佐和紀の問いに、石垣は岡村を見る。

「わかってるだろ？」

「わかってるなんて言ったらアニキが怖い」

「だよなぁ。俺もそう。でも、その肝心の人も気づいてない気がするんだよな」

「だから、なんだよ」

焦《じ》れた佐和紀はトゲトゲしい声を出す。

「……他の舎弟の前では簡単に眼鏡をはずしたりしないでくださいよね。俺たちは品行方正ですけど、そうじゃないのもいますし、他の組からの出入りもありますから」

岡村が激しく同意して、首がもげそうなほどうなずいた。

「あー。それは、そう！」

三井までもが膝を打つ。

「おまえ、本当に俺で勃《た》つわけか」

カマなんてかけなくても三井の口は軽い。ストレートな問いかけに、ストレートにうなずく。

「勃つよ。おまえがアニキの下で、どんな顔するのか想像したら、三回抜けた。一晩に」

「したのかよ！」

後頭部を思いきり平手打ちしたのは片膝立ちになった石垣だ。続けざまに三回殴って佐和紀に頭をさげた。

「すみません！　俺がシメましたから、どうぞ鼻は折らないでやってください。廊下が汚れますから」

「……いや、いい。驚いた、から」

「一晩に三回だぞ。思春期に戻ったと思って、翌日に女呼び出したら勃起《ぼっき》しなくてインポ呼ばわり！」

「しかたがないから、また想像したんだな？」

岡村があきれた声で続きを言う。三井は力強くうなずいた頰を石垣にまた張り飛ばされる。

「また三回イケたか」

佐和紀が笑いながら尋ねると、三井はこれがミラクルだと言わんばかりの自信満々の顔になり、姿勢を正して深く頭をさげた。

「女にも惚れ直したと言われました。あのときは、本当にお世話になりました」

「こいつ、岩下に垂れ込んでやれよ」

にやりと笑う。

「やめてくださいよ。本気で指が飛びますから」

石垣がぐったりとして、後ろ手にのけぞりながら庭へと足を伸ばす。

「喜んで大笑いすると思うけど？」

佐和紀は笑って言い返した。

「そう思うのは、姐さんだけです」

真面目《まじめ》な顔をした岡村の言葉に、佐和紀はそういうもんだろうかと思いながら眼鏡に薬指を伸ばす。

「まぁ、まがりなりにも嫁だからな。自分の所有物だとは思ってるよな」

「そこにアニキとの齟齬《そご》が」

と言いかけた石垣の言葉に、女の声が重なった。

「佐和紀。ここにいたの」

縁側に現れた京子に気づいた舎弟たちは慌てて身を正す。だらけきっていた三井と石垣は庭に飛び下り、岡村の隣に並んで立つ。

思わず笑った佐和紀が顔を向けながら腰を浮かすと、立ち上がらなくていいとジェスチャーした京子の表情も柔らかくなる。

「仲がいいわね。今日、これから予定……ないでしょう？」

「ないですね」

「街に出ましょう。いざというときに着る背広を誂《あつら》えなくっちゃ。佐和紀の」

「そうですね」

着物の他にはパジャマしか持ってこなかった潔さを京子には笑われた。礼服だけは用意すべきだから見立ててあげると言われていたのだ。

「向こうじゃ、組長さんと二人だったから、若い話し相手がいるのもいいでしょう?」

「バカばっかりですけどね」

「バカの方向が一緒なら楽しいわよ。あんたたちもついてらっしゃい。シャツの一枚ぐらい見立ててあげるわ」

「はい」

三人は声を揃えて返事をする。

若頭の妻で、組長の娘でもある京子の前では、みんな借りてきたネコのようにおとなしい。

「じゃあ、自分が車を用意してきます」

岡村が素早く一礼して、その場を離れる。

「あの子は気が回るし、石垣は頭がいいし、三井は陽気だし」

見送った京子が笑う。

「三井だけ、役に立たない感じですね」

佐和紀の言葉に三井は反論したげに眉をぴくぴく動かしたが、さすがに京子の前では無言で耐える。

「で、楽しそうに何の話してたの？」

　京子は何も知らずに、屈託なく問いかけてくる。石垣がひそかに息を呑《の》んだ。

「岩下は俺を飼い殺しにするって決めたみたいだって話です」

　佐和紀がさらりと口にすると、そばで膝をついた京子の表情が曇った。

「まさか、他の男と寝ろとか言われてないわよね？」

「ないですよ」

　佐和紀が笑っても、京子は厳しい表情のまま真意を読み取ろうと顔を近づけてくる。

「岩下とも寝なくていいみたいです」

「えっ」

　驚いた声を出して、思わず石垣と三井に視線を走らせた京子は、二人がうなずくのを見て目を見開いた。

「そ、そうなの？　もう、とっくにだと思ってたわ。よくキスしてるから……。あぁ、道理で、そうね」

　ひとり言をつぶやいて眉をひそめる。

「俺の顔は、好みの顔じゃないって」

「周平さんが言ったの？」

「いや、こいつらが」

「え！　ちが、違います。今までの相手とは違うから……です」

石垣が慌てて訂正する。

「わかってるわ。……佐和紀はねぇ、繊細すぎるのよね。こう、……なんていうのかしら。すごく綺麗《きれい》なんだけど、綺麗すぎて……」

続ける言葉が見つからないのか、京子はため息をつく。

「絶対に惚れるって思ったのにねぇ」

しみじみと口にする言葉は、佐和紀の心に染みた。

それは確かだ。言葉に間違いはない。ただ、惚れたのは佐和紀の方で、周平じゃなかっただけだ。

こんなふうに人を好きになることがあるとは思いもしなかった。

「ねぇ、石垣、あんたはどう思うの」

「俺の口から言えません」

「本当に、周平さん一番なのね、あんたは。……まぁ、佐和紀は嫌なことしなくて済んでよかったじゃない。そのまま、出かけられる？　それなら、早く出かけましょう」

京子は身軽に立ち上がる。石垣がすばやく将棋を片付け始めた。

「俺なら、惚れた相手に手を出すには、時間かかりますけどね」

「惚れてればなぁ」

佐和紀を慰めるような石垣の言葉を聞きつけた三井がつぶやく。

首でも締め上げそうな形相で石垣が振り向いたが、三井はどこ吹く風だ。

佐和紀は表情を変えずに二人を見た。石垣の言葉の意味を考えるよりも、三井の言葉をそのまま受け取る方が楽だ。うかつに期待できる性格でもない。

それからすぐに出かけて、四人で京子のお供をした。都心のデパートで佐和紀のスーツを一揃えと靴も買い、舎弟の三人はここぞというときのデート用にチンピラ度が大幅に下がるシャツをそれぞれ駄賃として見立ててもらった。

夜は中華料理を食べに行き、これが一番落ち着くんだと佐和紀はやっぱりラーメンを頼んで笑われる。京子はコラーゲンたっぷりだからとフカヒレのスープを二杯も頼み、佐和紀も勧められて飲んだ。

上機嫌で家に戻っても、まだ周平が帰ってくる時間にはほど遠く、風呂《ふろ》に入った佐和紀は一人でテレビを見ながらウトウトと睡魔に襲われた。車の運転をする岡村と遠慮した石垣を除いた三人でほどほどに飲んだビールの酔いが残っていて、ソファーにもたれたまま目を閉じる。

久しぶりに夢を見た。

住み慣れた長屋から家財道具を持ち出して、引っ越しをしていた。どうやら新しい住居と事務所が決まったらしく、隣近所に声をかけられて嬉《うれ》しそうに挨拶《あいさつ》をする組長と目が合

った。うなずく佐和紀は新しい事務所にかける看板のことで頭の中がいっぱいになってい
て、誰かに呼ばれても気もそぞろに振り返るばかりだ。

トラックの運転席から降りてきたのは、周平だった。

いつものスーツ姿ではなく、ワークパンツとトレーナーを着て、冷たい印象の眼鏡を人差し指で直している。顔は笑っていた。

そばに来ると髪にキスされ、人目を気にした佐和紀が身をよじると、いっそう抱き寄せられた。やっぱりじんわりと温かさが身体に広がっていく。

夫婦なんだからいいだろうとささやかれて、それもそうだと思った。

これは夢なんだからいいやと思って、佐和紀はそうだ、夢だと気がつく。

ぼんやりと開いたまぶたの向こうに明るい天井が見えた。

肩が温かい。誰かに抱き上げられるところだった。その誰かは、一人しかいない。

「おかえり」

ねぼけて声をかけると、驚いたように見開いた目が細くなる。周平の眼鏡越しだ。佐和紀の眼鏡はもうはずされていた。

「あぁ、ただいま。……こんなところで寝るな。風邪《かぜ》をひくぞ」

「疲れたんだ」

「メシ食いに行って飲んだのか」

佐和紀は横抱きにされたまま、居間を出て寝室へ運ばれる。

「京子さんがデパートへ連れていってくれて。俺、デパートでものを買ったのは初めてだ。……結婚祝いだって、買ってくれたんだけど。スーツ」

「そうか。俺からも礼を言っておくから、一度は着て一緒に出かけてこいよ」

「あぁ、そうか。うん」

まだ頭の中がぼんやりとしていて、その上、周平の胸が気持ちよくて、佐和紀は身体を預けながら大きなあくびをする。周平がそれを見て笑った。

「飯は？　何を食べた。あいつらもお供したんだろう」

「うん。中華……食った」

「また、ラーメンか」

「フカヒレも食った。ほら、ツヤツヤになってんだろ？」

家政婦が寝室に延べてくれている布団の上に下ろされながら、周平の首にふざけて腕をまわした。のけぞって喉元《のどもと》を露《あら》わにすると、そのままくちびるが押し当たってきた。軽く吸われて、甘い息が漏れる。

夢だからなと、佐和紀はどこかで思った。

「楽しかったみたいでよかったな」

「楽しかったよ。賑《にぎ》やかなのもいいよな。……でもなぁ」

つぶやく言葉の続きを察した顔で、周平が頬を撫《な》でてくる。額にくちびるが当たり、眉《み》間《けん》、目尻《めじり》、頬と移動して、くちびるを吸われた。

「んんっ……ふぅっ……ん」

「舌を絡めるのが好きなんだな」

尖《とが》らせた舌先が佐和紀の柔らかく濡《ぬ》れた舌のふちをなぞる。敏感に震える身体の反応を楽しむ周平の声は低く甘い。

「組長を思い出したか」

「俺は組が大きかった頃を知らない。でも、あの人はそうじゃない。……悲しいんだ」

「そうだな。……こっちに来てから見舞いに行ってないんだろう。組に遠慮しないで会いに行けよ」

周平の腕が背中にまわり、佐和紀は素直に抱きついた。

香水の匂《にお》いが鼻先をよぎり、夢に嗅覚《きゅうかく》を感じた違和感で少し現実へ引き戻される。

「香水、変えた？」

「いや……？」

周平が押し黙った。顔を覗《のぞ》き込むと、ぼんやりとねぼけた目にも、しらじらしい表情ははっきり見えた。

「若い匂いだ」

安っぽい匂いがした。いつも周平がつけている、ウッド系の匂いじゃないものが鼻につく。

「誰を抱いてきた？　男？　女？」

「おまえは、もう寝ろ」

「あんたは外で性欲を解消してくるからいいよな。俺は一生、一人でマス掻《か》けばいいのかよ」

「……おまえが嫉妬《しっと》するようなことじゃない」

慌てることもない静かな声に、佐和紀はむっとした。いっそう離れずにシャツの背中を握りしめ、足を腰に絡めて引き寄せる。

「このままだと、誰かにこすってもらいたくて、おまえのかわいい舎弟に手を出しそう」

ささやきながら顔を覗き込むと、思い通りに周平の顔色が変わって、佐和紀は満足する。

「あいつらには手を出すな。指が飛ぶのはおまえじゃなくて、あいつらだ。わかってるだろう」

周平の手が、二人の身体の間に入った。パジャマをずらされ、下着越しに臀部《でんぶ》を揉《も》まれる。

「……んっ」

佐和紀は苦しくなって周平の胸を押し返した。夢から完全に目が覚める。

羞恥《しゅうち》と後悔に襲われて身をよじった。

「やめろ。……冗談、言ってみただけだ」

若い匂いで気分が悪くなる。周平の深くまったりとした香水の中に、不純物が紛れ込んでいる。それは佐和紀の知らない誰かのもので、そしてその相手は、佐和紀が知らないことを周平としている。

甘ったるさのない柑橘《かんきつ》系の匂いは男のものだ。

キスしようと近づいてくる顔を押しのけて、佐和紀は布団をひっかぶった。

「寝る」

「佐和紀。キスさせろ」

「うるせぇ、バカ。死ね」

させたら終わりだ。

キスをしたら、何もかもどうでもよくなってしまう。たぶん、お互いにだ。

ごまかしてごまかされて、化かし合いでこのまま仮面夫婦を続けることに慣れていくだろう。そしていつか、キスもしなくなる。

布団をかぶっても眠れるはずはなかった。尻を揉まれてみっともなく反応した股間《こかん》に佐和紀はそっと手を伸ばした。

抱いてくれと懇願するような真似《まね》はしたくない。それだけは絶対に嫌だ。佐和紀にも男としてのプライドはある。

けれど、もう何度も周平を想像して自慰をしているのが現実だ。想像するのは、自分じゃない誰かを抱く周平だった。本当はもうプライドなんて微塵《みじん》も残ってはいないんじゃないかと思いながら、佐和紀は自身から手を離して寝返りを打つ。

眠れもしないのに目を閉じて、佐和紀はただ呼吸だけを繰り返した。


翌日、何か気晴らしをしたくて、舎弟三人のうちの誰でもいいから捕まえようと母屋の外を徘徊《はいかい》していた佐和紀は玄関まで行き着いた。

珍しく、出かける寸前の周平を見つけてとっさに隠れた。

「この短時間に何本吸えば気が済むんだ。玄関先をゴミ溜《た》めにするつもりか、おまえは」

あきれた低い声は岡崎だ。

「え？　あぁ、すみません。あとで拾わせます」

「今、しろよ。おい、そこのおまえ。コレ捨ててこい」

鋭い言葉で返した岡崎が手近な舎弟を呼びつける。威勢のいい返事がして、沈黙が流れた。

「佐和紀とまたやりあったのか」

岡崎の言葉に、少し遅れて周平が答えた。

「また、ですか」

「おまえはイライラするとタバコの本数が半端じゃなくなるんだよ」

「してませんよ。イライラなんて」

答える先から声にトゲがある。

その理由を佐和紀は知っていた。今朝《けさ》になっても昨晩を引きずった佐和紀が、周平の仕掛けてくるキスをことごとく拒んだからだ。最後の方は、やけになった周平が無理やり迫ってくるのを押し返して、踵《かかと》で足の指を思いきり踏んで逃げてやった。

「さっさと、ヤればいいだろ」

岡崎が言う。

「別に、そういうことじゃないです。嫁っていっても男だし、別にヤらなくてもいいでしょう」

「それ、本気で言ってんのか。あれだけ、こだわっておいて」

「相手が悪いんですよ。これならニューハーフもらったほうがまだよかった」

タバコをふかしているのだろう。息を吐き出す気配がする。

「佐和紀が気に入らないか」

「所詮《しょせん》は男だし、俺の好みの顔じゃないんですよ」

「……佐和紀が好みじゃない男なんていないだろ」

笑いながら冗談のようなことを言った岡崎が声をひそめた。

「まさか、俺とあいつがヤってたとか思ってないよな」

「思ってませんよ」

答える周平の声に抑揚がない。

「かなり思ってるだろう。その声は」

「思ってません。……でも、触らせたことはあるでしょう」

「何を童貞みたいなこと言ってるんだ、おまえ。笑わせるなよ。コマシまくってきたくせに、そんなことを気にしてるのか」

「あいつのことが好みじゃない男はいないんでしょう？」

「いないだろうなぁ」

岡崎が答えた後、どちらも黙り込んだ。

玄関の裏手で外壁のそばに立ったまま、佐和紀は冷え始めた身体に腕をまわす。

「俺がこのまま手を出さなかったら、どうします？」

「どうするも……」

言いかけた岡崎が息を吐いた。

「あいつ、そういう男じゃないよ。わかってるんだろう。おまえって意外に」

また言いかけて黙る。

「車が来た。行けよ」

「佐和紀の、そういうところが重いんですよ」

タバコを靴で揉み消す音がする。周平は冷徹に言い放った。

「あいつがここにいるのも、俺に媚《こび》を売るのも、結局は自分の組のためでしょう。見え透いていて萎《な》えるんですよ」

「俺ならかわいいと思えるところだけどな」

「あいつもアニキが旦那《だんな》ならよかったんだろうな。……では、行ってまいります」

「行ってこい、行ってこい。舎弟に当たるなよ。そうだ、周平」

立ち止まる靴の音。なんですかと周平が静かに問う。

「達川《たつかわ》組の若いヤツらが調子に乗ってるって話だから、ちょっとカマしてこい。あそこは目に余り始めてる」

「わかりました」

靴音が動いて、やがて周平を乗せた車のエンジン音が遠ざかった。

佐和紀はぼんやりとして、目の前の低木の葉をちぎった。一枚が二枚になり、三枚が四枚になり、鷲摑《わしづか》みにしたところで笑い声に止められた。

「丸坊主にするつもりか？」

振り返って岡崎を睨みつける。

「昔から着物が好きだったよな、おまえ」

佐和紀の睨みなど気にもしないで近づいてきた。

「気づいてたんですか」

「まぁな。あいつは気づいてなかったから、心配するな。それどころじゃなかったからな」

人の悪い笑みを浮かべて、佐和紀の袖を摑んだ。

「何が嫌で逃げ回ってるんだよ」

「なんのことですか」

「しらじらしいな。キスもさせてやってないんだろう」

「見てたんですね。岩下には知らない振りしたんですか」

「兄貴分の優しさだよ」

岡崎はニヤニヤ笑った。

「周平は落ち着かないし、おまえはどんどん壮絶に綺麗になるし。妙だよな」

一歩踏み込まれて、佐和紀は後ずさる。昔をふいに思い出した。

夏祭りの夜だ。浴衣《ゆかた》を着ていた佐和紀は、こうして追い詰められたことがある。岡崎に。

「近寄るなよ」

「京子に言うか？　それとも、周平に泣きついてみるか？」

「何がしたいんだよ」

足を踏ん張って、眼鏡越しにまっすぐ見据えた。逃げるのは性分じゃない。

「誰かに触られてヌキたいなら手伝ってやるよ」

「触りたいだけだろ」

「とも、言うな。触らせろよ、久しぶりに」

あごを摑まれて、佐和紀はその手首を押さえた。

「岩下を裏切るのか」

「そんなこと、真剣に言ってるのか。笑わせるなよ。俺でもいいわけだろ？　組長のために男に抱かれるつもりだったなら」

手をはずそうとすると、いっそう指の力が増す。整った顔立ちが痛みに歪《ゆが》むのを眺めた岡崎の手が腰にまわる。引き寄せられて、佐和紀はもう我慢していられなかった。

ドスッと鈍い音の後、岡崎が呻《うめ》いた。

「油断してるなんて、あんたらしくないな」

「お、まえ……」

佐和紀の拳《こぶし》をみぞおちに受けた岡崎が咳《せ》き込む。あの夏も同じだった。暗がりに連れ込まれて浴衣の裾《すそ》をまくり上げられそうになった佐和紀は、油断した岡崎の鼻に頭突きを食らわせて逃げたのだ。

この男の詰めの甘さは、大滝組の若頭にしておいて大丈夫かと不安になるぐらいだ。それが佐和紀に対してだけだとは考えもしないで、胸の前で腕組みしながら距離を置く。

「誰でもいいなら、こんなこと受けてない」

それは嘘《うそ》だった。初めは誰でも良かった。組の存続を約束してくれるなら、それが岡崎との愛人契約でも佐和紀はうなずいただろう。

けれど、今は違っている。誰かを求める気持ちを知った今は、これまでとは何もかもが違っていた。

佐和紀はその場に岡崎を置き去りにして駆け出した。そのまま屋敷の門を抜けて外へ出る。まさか佐和紀が外へ逃げたとは思わなかったのか、それどころじゃないのか、追ってくる人間はいない。

途中から歩いて大通りへ向かい、運よく通りがかったタクシーに乗った。帯に挟んだ小銭入れの中に一万円が入っているのを確かめ、松浦が入院している病院の名前を告げてから後部座席のシートに沈む。

何もかもがめちゃくちゃだ。

たかだかキスを拒んだぐらいで周平は荒れるし、そんな弟分に何を刺激されたのか、岡崎は妙なスイッチが入っているし。これが京子に知れたらと思うと、佐和紀は薄ら寒いような気がした。

でも、知られたい気持ちがある。京子のことだから、周平を叱《しか》るか、岡崎を叱るか、佐和紀を叱るか。もしかすれば、全員が責められるだろう。

いっそ叱られて責められたいと思うのは、自分のさびしさのせいだと自覚する。

二人きりの生活に慣れすぎていたのだ。街をツルんでぶらつくチンピラ仲間もいなかった佐和紀は、いつも組長と一緒に行動していた。

本当の親子でもここまでべったりではないだろうというぐらい、どこに行くにもお供した。結局、自分はずっとさびしかったのだ。それは、生まれて、物心ついてからずっと。だから、こおろぎ組が続くことを願ったし、今は周平の関心を引きたいと思っている。

子どもじみた感情だ。

誰にも守られずに生きてきた反動が、誰かに依存したい弱さを煽《あお》る。

佐和紀は、バックミラー越しにちらちらと何度も見てくるタクシーの運転手を睨みつけ、次に見たら殴ってやると苛立ちを募らせた。拳を固めたところで車は目的地に滑り込む。

命拾いしたとも知らない運転手はのらりくらりと釣銭を出す素振りをして、ノンキにも世間話を始める。佐和紀が顔立ちからは想像できない声と言葉で凄《すご》むと、小さく悲鳴をあげて目をそらし、千円多い釣銭を出した。

佐和紀は鷲掴みにしてタクシーを降りる。周平の苛立ちが感染したように気が立ってしかたがない。

だいたい、初めにセックスを拒んだのは周平だ。

あの夜、挿入の瞬間に身体が離れたときの絶望感を思い出して、佐和紀は眉根をぎりぎりと寄せた。眼鏡をはずして目頭を揉むと、見舞い帰りらしい若い女たちが甲高い声を止めて通り過ぎる。

小さな悲鳴に振り返ると、一人がロビーの観葉植物にぶち当たっていた。

それでも佐和紀を見ようと顔を向けてくる女たちと目が合う。せめて外見はどうであれ、あんなふうに『女』そのものならよかったのになと一瞬考えた自分を笑う。

色めき立つ声を背中に聞いてエレベーターに乗り込んだ。一人きりの空間の中で、佐和紀は壁にもたれて息を吐く。

周平の顔が脳裏にちらついて離れない。

舎弟を見て笑う顔も、佐和紀にキスしようとして伏せる目も、からかいながら細める視線も。

そして、熱っぽく見つめてくるエロい男の表情も、なぜだか全部思い出せてしまう。

「さっさとヤッてくれればいいんだよ」

一回きりでもいいから。

エレベーターを降りながらつぶやき、佐和紀は大きく深呼吸した。松浦の病室をナースステーションで確かめると、岡崎と約束した通りに大部屋から個室に移されていた。閉じた扉をノックして名乗り、声が返ってくるのを待って中に入る。にこにこと上機嫌な顔の松浦に迎えられた。

それだけで肩から力が抜けて、気持ちが一気に楽になる。

「オヤジ、思ったより元気そうだな」

スチールの丸い椅子《いす》を引き寄せてベッドのそばに座った。

軽度の脳梗塞《のうこうそく》で転倒した松浦が、打ちどころの悪さのせいで気を失ったのは不幸中の幸いだった。

救急車で運ばれて精密検査した結果、脳の血管の詰まりが発見されたからだ。そのまま放っていたら命が危なかった。

「いいぞ、病院は。ここは若い看護婦も多いしな」

陽気に話す口にも痺《しび》れが出ているのか、口調がどこかたどたどしい。

それでも佐和紀は元気そうな表情に安心して笑った。

「よかった。困ったことがあったら、すぐに連絡してよ。リハビリは順調？」

手足の痺れを改善するためのリハビリだ。

「おぉ、根性があるって褒められてる。この年になって人に褒められるとは思わなかったな」

「なかなか顔見せられなくて、ごめんな」

「何を言っとるか、おまえは。どうだ。あっちでの生活は。あそこは屋敷も広いし、人も多いから新鮮だろ。みんなよくしてくれるか」

「至れり尽くせりってやつだよ。離れで暮らしてるけど、居間だけで長屋の部屋がすっぽり入る」

「そうか、そうか。大滝組長も見舞いに来てくださってな。おまえの祝言の写真も見せてもらった。ほら、そこにあるだろ」

指の示す先を見た佐和紀は思わず頭を抱えた。こぎれいな写真立てに入っているのは、間違いなく金屏風《きんびょうぶ》を前に座っている自分だった。

「こんなもん、飾るなよ！」

「看護婦たちが、綺麗な娘さんですねーって言いよるわい」

シシシと、人の悪い笑い声を響かせて、松浦は子どものようにいたずらっぽく瞳《ひとみ》を細めた。

「他の連中も度肝を抜かれてたって聞いたぞ。わしもこの場におったら、どれほどかと思う」

「俺は男だっつーの。……あのー、目が潤んでる気がするんですが」

「上等な着物もよく似合って……、わしは本当に、おまえには苦労のかけ通しで」

ガーゼの浴衣の上に羽織った丹前の袖で目を拭《ぬぐ》う松浦に、唖然《あぜん》とした佐和紀はぐったりとベッドへもたれかかった。

「それは言わない約束でしょ、おとっつぁん」

二人でよく見た時代劇の真似をしらじらしく口にする。それから大きくため息をついて身体を起こした。

「岡崎はあれから見舞いに来た？」

「さんを付けんか、兄貴分だろう」

「いらないよ、岡崎程度に」

こおろぎ組を出ていった岡崎のことを、佐和紀がいまだに根に持っていると知っている松浦が苦笑いを浮かべる。顔に刻まれたシワがいっそう深くなった。

「心配しなくても、顔は見せに来てる。おまえの話をして帰っていくから、わしはいろいろと詳しいぞ。舎弟が三人もついてるとか、岡崎の嫁さんによくしてもらってるとかな。それから組の方も、出ていったヤツらが戻ってくることになった。岡崎が大滝組長に話をつけてくれてな。舎弟ごと移ってくるから、少しは体裁も整うだろう。退院と同時に長屋も引き払うことになった」

松浦が目を細めながら息をつく。

組をどう存続させるか真面目に考えると言った岡崎の言葉に嘘はなかったらしい。一番、確かなやり方だ。みぞおちに拳を打ち込んだりして悪かったなとほだされながら、佐和紀もほっと胸を撫でおろした。

「そっか。戻ってきてくれるなら、安心だな」

「家業からは足を洗って、別のことをすることになるかも知れない。それは承知しておけよ。これはもう時代の流れだ」

「アニキたちが帰ってきて、オヤジも納得するなら、俺はいい」

松浦の顔を覗き込む。

「オヤジ、嬉しいだろ？」

「嬉しいばっかりじゃない。おまえにだけ苦労をさせて、すまんな。わしには何も返してやるもんがない」

「何言ってんだよ。オヤジが俺を拾ってくれたから、この程度の半端者で済んでるんだから。感謝してるよ、本当に。こんな方法でしかないけどさ、恩返しができた気でいるんだから、変な気を回すなよ」

「とはいえなぁ。男に嫁に出すことになるなんて、なぁ。……岩下とはどうだ」

「どうって……。岡崎から聞いてるんじゃないの」

「聞いちゃあいるが、それはあいつの目から見たおまえらだろう。おまえ自身がどうなのか、わしは心配なんだよ。上手くやっていけそうか」

「無理だなー。男同士の夫婦なんて無理があるよ」

佐和紀はことさら明るく答えた。

「あいつ、ろくな男じゃないし。ほんと色事師だよ」

「大滝組の若頭補佐を捕まえて、色事師か」

笑い返す松浦が真顔で窓の外へ目を向けた。

「今のおまえを目の前にして、平常心でいられるのは俺みたいな枯れた人間だけだろうよ」

「なに、それ。……オヤジは俺をそんな目で見たことないだろ」

「それはなぁ、おまえ」

顔をくしゃくしゃに歪めた松浦は声をひそめた。

「聡子《さとこ》がいただろう」

松浦の妻だ。佐和紀が組に入った頃は奥のことを取り仕切り、組員を子どものように怒鳴りつける、肝っ玉の据わった女性だった。

「あいつがどれだけ目を光らせていたと思う。おまえに、そういう意味で指の一本でも触れてみろ。股間をつぶされてたぞ。笑うな、佐和紀。冗談じゃないんだぞ」

「いやぁ、姐さんならやりそうだと思って」

佐和紀は言いながら、ベッドの白い布団の上に倒れ込んだ。柔らかな布の感触が頬に当たる。

「俺はオヤジのこと、本当の父親みたいに思ってる。二人で暮らした長屋の生活に戻りたい」

本音が思わずくちびるからこぼれ出た。

「佐和紀……」

松浦の老い衰えた指が、そっと佐和紀の髪の先に触れる。

「俺とおまえがどんなに親子みたいに暮らせても、血の繋《つな》がらないことは事実だ。見せかけの家族なんだ」

冷たい言葉だった。佐和紀が見上げると、松浦は困ったように首を振った。

「それでも、俺とおまえはいい関係だったと思っている。いつかはおまえを養子にしてやろうと思って、言い出せずにこうなってしまって本当に申し訳ない。聡子も死ぬ間際までそれを気にしていたんだがな。籍を入れても入れなくても、わしとおまえの関係は変わらない。親子じゃないし、家族にもなりきれない」

「……」

「だがなぁ、佐和紀。夫婦は違う。他人と他人が結びついて、新しい何かを生み出すのは、夫婦だけだ」

「親子だって」

「いや、親子の関係にはどうしても血縁のあるなしが絡んでくる。周りもそう見る。夫婦だけだ、佐和紀」

「好き合っていればだろう。岩下は俺を好きじゃない」

吐き捨てるように言った佐和紀は、うつむいた。

「……惚れたか、おまえ」

「俺が、あんまり女を好きじゃないの、知ってただろう」

「おまえは、女に母親を求めすぎるからな。男には父親を求めているのも知っている。だから、おまえは一生、人を好きにならないんじゃないかと思ってたが……。わしの目が曇ってたんだな。今回のことも、どうせならと思ったが……。そうか。惚れたか」

「うっとうしいな、何をニヤニヤしてんだよ」

投げやりに言って、佐和紀は立ち上がった。

「元気そうで安心した。俺は帰る」

「いや、待て。話がある」

「なに？」

振り返った佐和紀はそっと着物の襟を直した。

「昨日、岩下がここに来た」

松浦の一言に、佐和紀は驚いて目を見開く。

「わしを睨むな」

「何しに……」

「おまえのことをいろいろと聞いて帰った」

「なんだよ、それ。どうせ、俺が今までどんなチンピラだったか聞きに来たんだろう」

つんとあごをそらすと、松浦は肩をすくめた。

「おまえのそういうところは、野放しにしたわしの責任も大きいな。……今までの暮らしを聞かれた。長屋で暮らしてたことはやつも知っていたがなぁ。おまえが周りの人間とどう付き合っていたかを聞かれて、正直にわしは答えた」

「そんなこと聞いてどうするんだ、あいつ」

悪態をついたが、佐和紀にはわかる気がした。

昨日の夜、ねぼけていた佐和紀を抱き上げた周平が優しかったからだ。賑やかなのも楽しいと言った佐和紀に、松浦を見舞いに行くのに遠慮はいらないと言って笑っていた。

胸の奥に湧《わ》き上がる熱いものを感じかけて、すぐに香水の匂いのことを思い出した。また気分が悪くなる。周平の優しさと夫婦生活のあれこれとは別物だ。佐和紀の恋心はもっともっと次元の違うものだろう。

「性根のまっすぐないい男だ。おまえは趣味がいい」

「着物と同じ言い方すんなよ。それに、騙《だま》されてるから。あいつがまっすぐなわけがない。腹の中は真っ黒だよ」

「素直になれ、佐和紀。それだけの簡単なことだ」

厳しい目で言われ、佐和紀はくちびるを引き結ぶ。

それがおとなしく足を開いたり、劣情をそそるような誘惑を仕掛けることでないのはわかるが、いっそ、そんなことをする方が気分的には楽に思える。

「……それが俺には一番難しいよ」

「だろうな」

松浦が笑う。それは、二人で指す将棋で初めて佐和紀が勝ったときと同じ表情だった。

「おまえの帰ってくるこおろぎ組はもうない。忘れるなよ」

口調だけは優しい現実的な言葉に、佐和紀はうつむいて答えない。自分の結婚と引き換えに再生した組だ。戻ることは考えるなと言われていたことを思い出す。それは悲しい真実として、心の中に突き刺さった。


胸の奥がちくちく痛んだ。指の先に刺さった木のトゲのような見えにくい傷のせいだ。

閑静な住宅街の端、竹林を背にして建つ大滝組の屋敷に帰り着くと、瓦《かわら》屋根のついた門の奥で男たちがたむろしていた。

周平と岡崎。そして舎弟の三人だ。玄関の戸は開いている。

「姐さん。お帰りなさい」

石垣の声を聞きながら、佐和紀はしらじらしく視線をそらしている岡崎を目で追った。

無理やりキスしようとして逃げられたことなど誰に話せるはずもない。佐和紀にさえなかったことにして、口裏合わせをしようとしている。

異存はなかった。それでなくても、こおろぎ組の再建を真面目に考えてくれた岡崎を見直している。もっと生かさず殺さずの方法を取るとばかり思っていたからだ。

岡崎のやり方なら、組長が亡くなったとしても、兄貴分たちの誰かがこおろぎ組を継いで名を残していくだろう。

「コワモテの人間がこんなところでたむろするなよ。外から見えてんだろ。近所迷惑だ」

家の中に入ろうとした佐和紀は、無意識に周平を見た。

松浦と過ごしたこおろぎ組での日々を一生懸命考えながら帰ってきて、そのことだけに集中してここまで戻ってきたのに、やっぱりダメだった。

顔を見た瞬間、頭に血がのぼる。

「おまえ、どうして、勝手なことするんだよ」

くるりと振り返って睨みつけた。鋭い視線を受け止める周平の目には戸惑いの色もない。

佐和紀が怒っていようが笑っていようが、彼の世界には少しの影響もない顔をして、微塵も態度を変えずに立っている。

ただでさえ怜悧《れいり》な印象の眼鏡が、さらにさえざえと冷たく見えた。

佐和紀は苛立った。松浦の言葉が頭の中で響いて、悲鳴をあげたい気分になる。

素直になったって何も変わらない。

自分はもうあの頃の自分には戻れない。

ただひたすらに松浦の手足になり、組のためだけに働いてきた。だから、松浦が倒れ、こおろぎ組の存続がいよいよ危なくなったとき、佐和紀は絶対に松浦をただの男としては死なせないと決めたのだ。

渡世人には渡世人の死に方がある。自分がそばにいて見送ることができなくても、それでもいいんだと思った。何より大切なのは、松浦の生き様だ。行き場のなかった自分を拾ってくれ、そして気持ちまで救ってくれた松浦の、潔い仁義の心だけは守りたかった。ただそれだけの気持ちで受けた『結婚』だったのに。

純粋な気持ちは、もう大きく捻《ね》じ曲がってしまっている。

周平に抱き寄せられ、キスをされたとき、佐和紀の何もかもが変わってしまった。

たったそれだけのことで、だ。

肌が温かさを感じ、くちびるの弾力と舌先のぬめりに溺《おぼ》れた。

自分の身体が、細胞からすべて、周平のことだけを好きになるように作り変えられてしまったように、周平の姿を見るたびに目眩《めまい》を覚える。

抱擁の温かさとキスの熱さを思い出してしまうからだ。感覚に刻まれた記憶は激しく深い。

誰が見ていようとくちびるを合わさずにはいられないほどの、強い欲求が佐和紀にはあった。今、こうしていても、周平だけが泣きたいぐらいに眩《まぶ》しい。

だが、周平は違う。それもわかっていた。彼は何も変わっていないし、変わろうともしない。変わる必要もない。

平然とそこに立っている男にとって、佐和紀は『妻』という名前の情人の一人だ。新しいペットをかわいがるように、気ままに佐和紀に触れ、そしてからかう。

指が触れ、吐息がかかるたびに佐和紀の心が乱れるのを知っている周平にとっては、何もかもが手慰みに過ぎない。

それなのに、素直になんてなれるだろうか。

見慣れない舞台で自分だけが必死に踊らされて息を乱す。それを余裕のまなざしで眺める男に対して、猫撫で声を装えるほど佐和紀は強くない。

なぜ、自分がこんなに必死に踊ろうとするのかがわからないからだ。

わからないのに、周平が他人の香水の匂いをさせているだけで吐き気がするほど嫉妬する。


「オヤジに会いに行っただろ。勝手なことするな」

佐和紀の言葉に、その場にいた他の四人の視線が周平に集中した。

睨みつけながら、嫉妬している自分を浅ましいと思う。

他の誰かにも優しくしているなら、そんなものは欲しくないと強がる心が、簡単なほど単純に、周平の行動で覆される。

話しかけられて気遣われると嬉しくて、抱き寄せられれば浮き足立つ心は正直だ。

自分の知らない間に松浦に会うような真似をされて、それをどう受け取ればいいのか悩むのも、本心では期待しているからだろう。だからこそ裏腹に周平のことが憎くなる。

「祝言の前に挨拶に行けなかったからな」

視線を気にしない周平が何食わぬ顔で答えた。三つ揃えのスーツのボタンをはずし、スラックスのポケットに手を入れた格好が様になる。

「やめろよ、旦那面するのは」

「事実、俺が旦那だ。おまえの親代わりの松浦組長に挨拶に行くのは、筋が通ってるだろう」

「冗談じゃない！」

当然のように言われて、佐和紀はたまらずに叫んだ。

自分を通さずに松浦に会うということが、どういうことか周平はまるでわかっていない。単身、ここへ嫁いできた佐和紀が、どんな覚悟で自分の居場所を捨ててきたか、大滝組の若頭補佐にまでのぼりつめた男には想像もできないのだろう。

松浦は、佐和紀の人生だ。十代の終わりに拾われてからずっと、なんの見返りも求めずに居場所を与えてくれた人だ。

そこに踏み込むことは自分の心に踏み込むことと同じだと、佐和紀は思う。だから簡単に考えないで欲しかった。もうこれ以上、自分の心を掻き乱さないで欲しい。

「形ばかりの夫婦だろ。そんなことして何の意味があるって言うんだ。その上、人のこと勝手に聞き出しやがって」

「こんなところで大声出すなよ。近所迷惑だって、おまえが今、言ったばっかりだろう？」

佐和紀と比べ、冷静すぎるほどの周平がポケットから出したタバコをくちびるに挟む。すかさずライターを出した石垣を睨みつけ、佐和紀はその手を掴んで遠ざけた。

「オヤジから俺の何を聞いたって、おまえには俺のことなんかわからない！」

周平のくちびるからタバコをもぎ取って捨てた。さらに新しい一本を取り出そうとするのを、箱ごと奪い取ってめちゃくちゃに踏みにじる。

言葉にならない苛立ちが行き場のない怒りになって、佐和紀のコントロールを離れていく。

その勢いに押されて、舎弟の三人がわずかに後ずさった。無視して周平だけを睨む。

「どうせ、俺が誰と関係してたか聞いたんだろう」

揉みくちゃにされたタバコを残念そうに見ていた周平が眉を跳ね上げて笑った。

「誰と関係してるんだよ。そんな話、出てこなかったな」

バカにした表情から視線をそらさず、佐和紀はすっと手を差し伸ばした。白い腕の先で指を立て、第三者の顔をしてニヤついている岡崎を示した。

「おいおい、佐和紀」

それでもまた他人事《ひとごと》だ。乾いた笑い声の岡崎を、佐和紀はじっと睨んだ。

ふざけていた表情がにわかに真剣味を帯びる。

「あんたのアニキだよ、岩下」

「バカ言うなよ」

岡崎が口を開く。失笑したが、さすがに声は硬い。肝心なところで逃げきれない元兄貴分に、佐和紀は頬をゆるめるように微笑《ほほえ》みを投げかけた。

「組を出ていく日の夜、夜這《よば》いをかけてきただろ」

「知らないな」

「知らなきゃそれでいい。俺が欲しくてしかたなくて、最後に一回でも舐《な》めようと思ったんだろ。あんたの腕の刀傷、残ってないならそれでいいけど」

岡崎が無表情になるのを、周平が見た。その顔を佐和紀は観察する。

周平も無表情だ。大滝組の若頭と若頭補佐は何も言わずにお互いの顔を突き合わせている。

岡崎の二の腕に短刀で切りつけられた傷があることを、周平は知っているのだろう。弟分の視線を振り払うように、岡崎は髪を撫でつけ直して笑った。

「舐めるもなにも、キスひとつさせなかっただろう。あの後、あれだけ好きに触らせたときは、よっぽど男に飢えてるんだと思ったもんだよ。周平にはどうでもいいことだろう。おまえは男女問わず、ヤリたいときに足を開けばそれでいいと思ってんだろ？」

確かに、佐和紀はその夜も岡崎に犯されてはいない。

兄貴分数人に力ずくで押さえつけられ、一番手に名乗りをあげた岡崎から一緒にこおろぎ組を出ようとささやかれて逆上した。あとは暴れ放題暴れて、短刀を振り回したことしか覚えていない。

「こいつは狂犬とか呼ばれているわりに、多頭飼いを許さない古い種類の犬だからな。おまえの手に余るなら、身体の方は俺が面倒みてやってもいいぜ」

岡崎は、静かに笑って続けた。

「京子には言い含めるだけだ。三人で楽しくやるのも悪くないしな」

「必要ないですね。別に問題ないですから。抱く相手が一人増えようと二人増えようと、何も変わらない」

自分を目の前にしても淀《よど》みのない周平の言葉に、佐和紀は耐えられずに手を振りかざした。かわそうとされることは予測がついている。逃げる上半身に手を伸ばして、ネクタイを引き寄せながら横っ面に手のひらを叩きつけた。

続けざまにもう一発殴ろうとしたところを、駆け寄った舎弟たちに引き剝《は》がされる。

「落ち着いてください」

「姐さん！」

「ストップ、ストップ」

岡村が右手、石垣が肩、三井が左手を押さえつけてくる。

「おまえこそ、俺もアニキも大差ないと思ってるんじゃないのか」

ずれた眼鏡を直しながら周平が凄んだ。低い声には抑え込んだ怒りが潜んでいて、痺れるほど冷酷に聞こえる。

佐和紀はたまらず岡崎を見た。どうしても周平を見ていることはできなくて、俺を見るなとあきれている岡崎に助けを求めるように視線をすがらせる。

その場で佐和紀ができることは他になかった。素直になんてなれない。今、怒らせたかもしれないことが怖いとも言えない。口に出せない想いがせつないほど胸の奥で渦を巻き、佐和紀は切羽詰まった窮状から逃げ出すために足を踏み鳴らした。

「勝手にしろよ、バカ！」

いつまで経ってもフォローしようとしない岡崎を待ちきれずに、佐和紀は振り返りざまに叫んだ。もがくと、舎弟たちがいっそう力強く拘束してくる。

腕を振り回して岡村を突き飛ばし、一番腕っ節の強い三井は引き寄せて思いきり頭突きをかました。

痛みに叫んだ三井が鼻を押さえて飛びのく。佐和紀は最後に残された力を振り絞るために息を吸い込んだ。ここにいることが、もう耐えられない。

「離婚だ。離婚！　ふざけんな。バカ周平！　おまえなんか死ねよッ！」

捨て台詞《ぜりふ》を叫んだ勢いで袖を翻す。

走って門の外へ出ると、石垣が追ってくる。

「どこか行くなら、車を」

「ふざけんな、おまえも死ねよ」

「一人で出かけないでください」

「うるさい！　なら、あいつが追うべきだろ。違うのかよ」

石垣の足が止まる。佐和紀は振り返らずに置き去りにして、いつまでも聞こえてこない周平の声を待ちながら歩き続けた。いつのまにか大通りへ出て、そして駅を通り越して振り返る。知っている顔はどこにもなく、そのまま繁華街へ入った。時々、足を止め、振り返って待つ。それでも周平は追ってこない。

もうすっかり日が暮れて、繁華街のネオンに灯がともった。

佐和紀はうつむいて、自分の足を見た。後ろを振り向こうとしてあきらめ、息をつく。

もう意味はないと悟った。

タクシーに乗らずに逃げたなら、周平が追いつきやすいんじゃないかと考えた自分の心の弱さを受け止める。それを、佐和紀はせつなく愛《いと》しいものに感じた。

追いかけて、腕を捕まえて、あの冴《さ》え渡る冷たい目でどこへも行くなと言って欲しかった。誰かに対して期待することが、裏切られる恐怖以上に心の中を占めている。

叶《かな》わなくてもいい。

ただ、願うだけでいい。

周平の視線が欲しかった。あの瞳の中心に、自分だけを映してくれたら、と思う。

ふらふらと繁華街を流して歩きながら、佐和紀は眼鏡をはずした。目頭を揉んで顔をあげると、前から歩いてきた男と肩がぶつかった。

いつも通り何も言わずに過ぎると、案の定、呼び止める声がした。

「おい、ぶつかっといて挨拶なしか」

繁華街の裏通りの中でも、ガラの悪い場所をわざと選んで歩いていた佐和紀は、足を止めて振り返った。

「なんだ、女か？」

着物姿を見た男の鼻の下がだらしなく伸びる。

「いや、男だろ」

三人のチンピラたちに遠慮なく近づかれて、佐和紀は後ろに引いた。

「おっと、待てよ」

手首を掴まれる。男たちは眼鏡をかけていなくてもわかるほど、あからさまに好色な目をして佐和紀を値踏みした。

「男でもいいいや。ちょっと相手しろよ」

「こんなところを歩いてるから悪いんだぜ」

にやにや笑う男たちに取り囲まれる。

「用事があって歩いてるんだよ」

佐和紀は男の一人に手首を掴まれたまま、片手で眼鏡をかけ直した。クリアになった視界にいる三人のうち、二人は身体が大きくて、見るからに犯罪歴のありそうな顔をしている。一人はひょろひょろと細く、年も若い。

裏通りを行き来する通行人たちは心配そうに佐和紀を横目で見たが、視線を伏せると足早に通り過ぎていく。佐和紀はそれで当然だと思った。他人の加勢なんて期待していない。

むしろ、素人は足手まといなだけだ。

人が少なくなるのを待って、佐和紀はぐっと腰を落とした。

「むしゃくしゃしてんだよ。たっぷりかわいがってやるぜ、三下の兄さんたちよ！」

顔に似合わない啖呵《たんか》を切って、佐和紀は斜め後ろの男に肘鉄《ひじてつ》を食らわせた勢いで別の男の足をなぎ払う。

先制攻撃を受けた男たちが、ケンカ慣れした佐和紀の動きに色めき立った。

「てめぇ！　ケンカ売ってんのか！　俺たちのバックには達川組がついてんだ！」

一番年若の細い男が肩をそびやかして怒鳴る。すでに負け犬の遠吠《とおぼ》えだと思いながら、佐和紀は拳をぽきぽき鳴らして満面の笑みを返した。

「じゃあ、組の恥にならないように、せいぜい気張んな！」

「ふざけんなぁッ！」

吠えながら殴りかかってくるのを、体勢を低くして、真正面から殴り返す。ボディブローがよほど効いたのか、男はつぶれた蛙《かえる》のような声を出してその場に膝をついた。嘔吐《おうと》する声が続く。

仲間がやられたのを見た残りの二人が、怒りで顔を真っ赤にしてぎりぎりと奥歯を鳴らした。

佐和紀は手のひらを上に向け、ちょいちょいと指で招く。挑発を真っ向から受けた男たちのこめかみが痙攣《けいれん》するのを冷静な感情で眺めた。

勝つとか負けるとか、ケンカはそんなことじゃない。動くサンドバッグ相手に、いかに殴られずに殴るかだ。

男たちが飛びかかってくる。佐和紀は人差し指を眼鏡のブリッジに添えて、ついっと位置を直した。


「やっぱ、身体がなまるよなー」

毎日のようにケンカをしてきた佐和紀にとって、この一週間は暮らしが静かすぎた。

港のそばにある公園の水道で、汚れた手を洗いながらひとり言を繰り返す。相手の顔を殴ったときに歯が当たったらしく、拳が切れていた。片袖が引きちぎられていたが、最小限の犠牲だ。

「もう一ラウンド行くかな」

すがすがしい表情の佐和紀は、缶ビールを手に公園を抜ける。海に向かって置かれたベンチはすべて、肩を寄せ合うカップルで埋まっている。

片袖だけ長襦袢という乱れた姿で、佐和紀はビールを飲みながら一組一組を観察して奥まで歩き、引き戻してまた眺めた。

何もおもしろくはない。単に迷惑がって嫌がる顔が見たいだけだ。時々ポカンと見惚《みほう》けてくる男に色目を使い、相手の女をイライラさせるのもそれなりの暇つぶしになる。

不思議と佐和紀の顔に女が引っかかることはなく、カップルたちを二回ずつ冷やかした佐和紀は興が醒《さ》めた。波が寄せてくるフェンスに身体を預けて、頬をつるりと撫でる。

真冬の海風が吹き抜けたが、肌を切る冷たさは暴れた後の身体に心地いい。髪が乱れるのも気にせずに正面から風を受けた。

ビールの一本ぐらいでは酔いも回らない。なのに、頭の芯《しん》がぼんやりとしているのは、考えたくないことがあるからだ。

「ばーか。ばーか」

ビールの缶を揺らしながら言ってみる。

その向こうに見える、色とりどりのランプで装飾された船を眺めた。佐和紀はどうしようもなく込み上げる苦しさを感じて、ため息を吐き出す。

離婚だなんて叫んで困るのは自分の方なのに、頭に血がのぼって、何も考えずに啖呵を切った。

少しでいいから、周平の表情を変えさせたかっただけの、子どもじみた狂言だ。気を引きたくて、困ると嘘でも言って欲しくて、その方法がいつも悪態をつく以外には考えられない。

周平は何も変わらなかった。困った様子もなければ驚いてもおらず、だから追いかけてもこない。

佐和紀はまた大きく息を吐き出した。

この際、他の男に走ってみようかとも考え、できるはずのないことにがっかりする。佐和紀が欲しいのは周平だけだ。

初めはあの手に触られて温かさを感じ、近づく吐息にくちびるを重ねたくなった。それから、物事のすべてを見通すような目に、自分だけが映りたいと願った。

そして、今は。

何もかもが欲しい。一番不確かな心も欲しくて、どうしようもなくてせつなくなる。人の心なんて、本当に手に入るものだろうか。どこにあるのか知りもしないのに、それでも佐和紀は、周平の心を両手の中にしっかりと持って眺めたいと思う。

こんな欲深さは今まで知らなかった。

「ばーか。ばーか」

繰り返す声が風に巻かれる。

フェンスを摑んで空を仰ぐと、ライトアップの照明を反射して仄《ほの》かに明るくなった雲からポツッと眼鏡のレンズに雫《しずく》が落ちた。

背後のベンチに座るカップルの女が、甘えた声で「雨よ」と言った。振り返ると、ほとんどのカップルが立ち上がっていた。残っている二人も、真っ最中のキスが終われば消えるだろう。

少し山へ向かった先にあるラブホテルの部屋はもうそろそろ満室だなと考えながら、佐和紀はビールの缶を足元に置いてタバコケースを取り出す。病院の帰りに吸ってから補充していないせいで、中にはあと二本しか入っていない。

舌打ちしながら一本を取り出して口にくわえる。雨が降り出す前に火をつけた。

待っていても迎えが来るわけもない。あの三人ぐらいは心配して探し回っているかも知れないが、家出なんてしたことのない佐和紀には、どんな顔をして大滝組へ戻ればいいのかわからなかった。

特に石垣には八つ当たりをしたからなおさらだ。

雨が降り出せば、ケンカをするために因縁をつける相手を見つけるのも手間がかかる。タバコをふかしながら、佐和紀はフェンスから離れた。

周平がすっかり機嫌を損ねて、離れにある佐和紀の荷物を捨てていればいいのにと思う。その方が気が楽だ。追い出されたと知れば、松浦も組に受け入れてくれるだろうし、戻ってくるはずの元組員たちがまた離れてしまっても、そのときは真剣に誰かの愛人になることを考えればいい。

相手が周平じゃないなら誰でも同じだ。周平のそばにいて、自分以外の誰かを抱いていることになよなよと傷つくぐらいなら、いっそ今のうちに離れてしまいたい。

取り留めなく考えながら、佐和紀は通りでタクシーを摑まえた。雨粒は次第に大きくなり、走る車の窓を叩く。汚れて乱れた姿を不審げに心配されながら屋敷の近くで降りた頃には、本降りに変わっていた。

走って門の下に飛び込んだ。正面の戸はすっかり閉められていたから、勝手口に向かってまた走った。でも、そのまま屋敷の中へ入る気にはなれず、冷たい雨に濡れながら庭を横切って離れに向かう。

縁側の雨戸は閉められておらず、佐和紀は居間のガラス戸に手をかけてそっと開いた。身をかがめて忍び込もうとした姿勢で、人の声に気づいて動きを止める。

「俺、もう一回りしてきます。この雨ですよ」

声の大きいのは三井だ。

「どこか、店に入っているかも知れません。連絡を回しましょう。すぐに見つかりますよ」

落ち着きのないのは岡村。

「もういい。おまえらも濡れてるだろう。風呂へ入ってビールでも飲め」

冷静に息を吐く周平の声を聞くだけで、佐和紀の心臓は裏返りそうになる。濡れネズミのまま小さくなって、ぎゅっと目を閉じた。

やっぱり探してくれていた舎弟たちへの嬉しさを、周平の冷淡な声がきれいさっぱり拭い去っていく。

「でも、アニキ！」

石垣の声だった。

「姐さん、絶対に待ってます」

「俺より、おまえの方があいつのことをわかってるか」

静かで冷たい、突き放すような物言いに、石垣が息を呑んだのがわかる。今、周平は目で人を殺すような、鋭い表情をしているはずだ。

「すみません」

「おまえも、ちょっと落ち着け。もういいって言ってるだろう。連絡は回すな。おおげさにしたら、余計に帰ってこれなくなる」

タバコの煙を吐き出す気配がする。

「待ってればいいんだ。待ってろ。あいつはおまえらのところに戻ってくる」

佐和紀はそっと後ずさった。そのまま、ガラス戸を閉じる。

それから静かに、元来た道を雨に打たれながら戻った。屋敷を出て、通りを歩く。

もうタクシーに乗れるような格好じゃなく、財布の中の金も尽きていた。

周平の言葉が頭の中で回る。何も考えられなかった。

はっきりと言い切った声を思い出すだけで、佐和紀はただ歩いた。

春を呼ぶ冷たい雨が、着物に染み込んで重くなる。

素直になれと言った松浦の言葉が身に沁《し》みた。

そうすることができたら、どんなにいいだろう。佐和紀が戻ると言い切る、その周平の言葉にさえ期待する想いを持て余した。

素直にと言われても、どうすることが『素直』なのか。

「もっと、はっきり言ってくれよ。バカだから、俺にはわかんないよ」

病院へは遠くて、とても歩いていけない。

佐和紀の足は自然と懐かしい場所へ向いた。少し前は自分の家だった場所だ。

長屋の戸の横に『こおろぎ組』の看板を掲げ、組長と二人、まるでヤクザらしくなく、住人たちと将棋を指しながら世間話をして、誰かに呼ばれればずうずうしく一緒にテレビを見た。

おかずを作りすぎたと差し入れをもらい、勉強を見てくれと頼んできた小学生にいつのまにか分数の計算を教えられていた。

毎月、かき集めるようにシノいだ金は、大滝組への上納金と組長の身なりを恥ずかしくないように整えるだけで瞬く間に消え、本当に笑えるほど貧乏だった。

それでも、松浦が周りから組長さんと呼びかけられるのを見れば、佐和紀は何より報われた気がして満足できたのだ。

年寄りは揃って、組が大きかった頃を称《たた》えたし、もう少し若い世代は組長の人となりを褒めた。

佐和紀は自分のことなんて、本当にどうでもよかった。誰も好きにならなくても、誰に愛されなくても。ただこおろぎ組がこの世の中に存在して、そこに松浦が組長として座っているなら、それが佐和紀にとって唯一の居場所だった。

二時間近く歩いて長屋のある路地にたどり着く。

雨はまだ降り止《や》まず、鍵《かぎ》のかかった扉を佐和紀は乱暴に揺さぶった。上下に揺らせば、単純な鍵はすぐにはずれる。

物音に驚いた両隣の住人が顔を見せ、びしょ濡れの佐和紀を見ると慌ててバスタオルを持ってきた。

遠慮しても押しつけられ、家の中で着物を脱いでいると、右隣の奥さんからは握り飯が、左隣のおじさんからはコップ一杯の焼酎《しょうちゅう》のお湯割りが届いた。

ここにいることは誰が探しに来ても秘密にしてくれるように頼んで、佐和紀は鍵をかけ直した。奥へ引っ込む。

六畳二間の奥の部屋にある箪笥《たんす》から松浦の股引《ももひき》と肌着を適当に引っ張り出し、その上から裾がこすれて破れているウールの長着を着た。腰紐《こしひも》だけを簡単に結ぶ。冷えた身体と隙《すき》間風《まかぜ》のせいで寒さを感じ、押入れから出した毛布にくるまって手前の部屋の隅に座った。

部屋の明かりは緊急用の大きな懐中電灯を代わりにしたが、接触が悪いのか、四回も平手で殴りつけてやっと点《つ》く。

玄関からは死角だが、襖《ふすま》を開けたままだと台所が見えている。

差し入れの握り飯を食べた。まだ温かい。お湯割りの焼酎も熱くて、身体の中から温まっていく。やっと落ち着いた気持ちになった佐和紀は、扉を激しく叩く音にも驚かなかった。懐中電灯はそのままに、そっと扉をうかがう。若い男の声がした。

「佐和紀さん、佐和紀さん。いますか？　佐和紀さん」

石垣の声だ。

「いないみたいだ。明かりもついてないし」

「あの人のことだから、どこかの店で飲んでるなんてことはないだろ。この雨だからなぁ、どっか屋根のあるとこ、しらみつぶしに探すか」

岡村の声にかぶせて、三井の声が割り込んだ。

「両隣に聞いたけど、帰ってきたような物音はないって」

「いないなら帰らないと、アニキが不審に思う。一度戻って、家に帰る振りして繁華街、流すか」

石垣はいつも通り冷静だが、話す口調は早口で、しょっちゅう声が裏返る。

「そうだな。とりあえず戻って街に出よう」

「両隣には連絡くれるように頼んだけど。たぶん、無理だな」

三井がぼやいた。

「まぁ、なぁ。心配してるなんて思ってくれないだろうな。でも、ここに戻っててくれたら雨もしのげるし、身の危険もないから、いてくれた方が気が楽だったのに」

岡村の言葉に、三井がさらにぼやく。

「俺は、あの人にケンカ売られてるだろう、チンピラたちが心配でしかたない」

三人はひとしきり笑った。でも、ふと静まり返り、それぞれが大きくため息をついて扉の前から離れていく。

声を聞きながら、佐和紀は天井を仰ぎ見た。

思わず飛び出していきたい気持ちになったのに、縛りつけて行かせまいとする別の感情がある。

佐和紀は、一人だけを待っているからだ。きっとこうしていても、自分はあの場所へ帰ってしまうだろう。戻ってきてもいいと言うなら、周平のそばに戻ってしまう。強がって逃げてはきたが、ここが『家』じゃないことは理解している。

ただ、迎えに来て欲しかった。周平自身に、迎えに来て欲しい。

何人目の情人でもいいから、おまえが必要だと言ってもらいたいんだと、コップ酒をすすりながら佐和紀は少しだけ泣いた。涙は勝手にこぼれてきて、拭う気にもならない。

雨に冷えていた頰には、涙さえ温かいからだ。

周平のことを考えた身体の芯に別の熱が芽生え、強いアルコールの酔いも手伝って佐和紀は静かに目を閉じた。

周平が抱こうとしないのは、今まで別の男が抱いたかもしれないと疑っているからだろうか。抱かれていないとしても、触ったり触られたりしたことが気に食わないのかもしれない。そこに兄貴分である岡崎が含まれていることも、周平は気に食わないのだろう。

それなのに、なぜ、キスをするのか。考えてみても、答えには行き着かない。

いっそ逆なら理解できる。キスはしなくてセックスはできるなら、そこに肉欲があるのだと思えばいいだけだ。なのに、周平はキスだけしかしない。

他の男には突っ込めて佐和紀にはできない理由を探してみても、それは結局、岡崎たちとの取引に行き着く。何度も最後までさせてくれと頼まれたが、あの程度で済んでいたのは岡崎たちの温情だろう。松浦への義理もあったかも知れない。

男のモノをしごき、自分も触らせて金をもらった。きれいな行為じゃない。でも、そうしなければ、こおろぎ組は生き延びることができなかったのだ。後悔はしていない。

こおろぎ組がなければ、松浦と出会っていなければ、岡崎たちと取引をしていなければ、周平と結婚することもなかった。佐和紀はもっと底辺の暮らしで、もしかしたらもっと下卑た淫売《いんばい》をしながら、クスリ漬けにでもなっていたかもしれない。そうなる可能性はいつだって佐和紀の生き方のすぐそばにあった。

「じゃあ……、キスだって、すんなよ」

芋焼酎で濡れたくちびるを指でなぞって、佐和紀はそっと胸元にその指を滑らせる。肌着の上から、突起を探してみた。

「んっ」

小さな膨らみは指でつぶすようにするだけで、じんわりと痺れてしこりになる。

でも、それだけだった。

摘《つま》んでみても、爪《つめ》で弾《はじ》いてみても、周平が触れたときほどの熱は生まれない。強くすればただ痛み、弱くすればむず痒《がゆ》いだけだ。

佐和紀はあきらめて指を離し、足を投げ出して壁にもたれた。眼鏡をはずして膝に置く。ぼやける視界のままで、屋根に当たる雨を聞きながら焼酎をすする。

ふいに思い出して眼鏡をかけ、立ち上がった。台所からバケツを二つ持ってきて、いつも雨漏りする二カ所に設置して元の場所に戻る。しばらくすると予想通り、雨漏りが始まった。

たん、たん、とアルミのバケツに水滴の当たる音がすると、松浦の声を思い出す。

この音を聞きながら眠る時、奥の部屋で布団に入っていた松浦は決まって戦時中の話をした。そして最後にはラバウル小唄《こうた》を歌い出し、気がつくと左隣に住む男が壁を隔てて歌うのが聞こえてくる。

佐和紀はコップの酒を飲み干して、毛布にくるまり、部屋の隅で丸く小さくなった。

歩き疲れが睡魔を呼んでいる。心地のいい疲労感に身体が絡めとられた。

どれくらい意識を手放していたのか、大きな物音に気づいて飛び起きると、台所脇《わき》の扉が開く音がした。

「ちょっと、あんた。そこは留守よ」

左隣の奥さんが聞きつけて飛び出してきたらしい。佐和紀はだるい身体を横たえながら耳を澄ました。睡魔に勝てずに、まぶたをもう一度閉じる。

「あぁ、うるさくしてすみません」

男の声がした。爽《さわ》やかに話しているが、周平の声だ。

「私は大滝組若頭補佐を任されています、岩下周平と申します。これは名刺です。どうぞ。そこには組の名称はもちろんありませんが。こちらの組長さんからの依頼で、鍵は預かっているんですが……。どうも、使えないようだったので」

「中から鍵をかけていると、外鍵は使えないのよ」

余計な一言だった。

さすがの肝っ玉母さんも、端整な顔立ちの周平がにこやかに話す調子には危機感を抱けなかったらしい。

「また戸締まりして戻りますから。ご心配なく」

「はいはい。失礼いたしました」

中に佐和紀がいることは言わなかったのだから、鍵を持っていると言った周平を信じた奥さんを責められない。周平にしても、佐和紀を追っているとも探しているとも言わなかった。

扉の閉まる音がして人の足音が近づいてくる。佐和紀はまだぼんやりとしたままの頭で、目を開いた。

スーツ姿の周平が、闇《やみ》の中でその場に膝をつく。

「やっぱりいたな」

なぜだか笑っている顔を見ながら佐和紀はゆっくりと起き上がった。みっともなくズレた眼鏡を一度はずして目をこすり、元に戻す。

「何しに来た」

聞きながら、あくびが出る。

「おまえの実家を見に来た」

「バカか、おまえは。おまえとは離婚だよ。離婚。まぁ、紙切れだけの関係だけどな」

吐き捨てるように言うと、周平はあぐらを組んで佐和紀を覗き込んできた。

懐中電灯の明かりだけが、頼りなく二人を浮かび上がらせている。まるで幻のような周平の姿に、佐和紀はふいに心細さを感じた。これは夢かもしれないと思う。

バケツの水音もいつしか変わっていた。ぴちょんと一粒だけ落ちる。音は部屋に響き、雨漏りするほどの雨でなくなったことに佐和紀は気づいた。屋根を叩く音も聞こえないほど、静かだ。

「初めて俺の名前を呼んだと思ったら、バカとかいらない冠詞をつけてたな」

「かんし？」

「気にするな」

周平がそっと手を伸ばしてくる。ぼんやりとした佐和紀の頬に、指先でほんのわずかに触れた。

「何を怒ってるんだ」

優しい声で言って、指を離す。

「勝手に組長に会いに行った」

ねぼけた頭のまま、責めるように口にすると、

「そうか。悪かった」

周平はあっさりと非を認めてうなずく。

「……勝手に他の男と寝てたと思ってる」

「そうだな。悪かった」

「……勝手にキスする」

「わかった。悪かった」

「他の誰かと、比べてる」

「比べてない、んだけどな。でも、悪かった」

「なんだよ、それ」

佐和紀はようやくまともに動き始めた頭を振って、周平を睨んだ。

「悪かったと思うから、謝ってるんだ」

「意味わかんねぇ。謝ったからってどうなるんだよ」

佐和紀がハッと短く息を吐くと、周平は真面目な顔で姿勢を正し、自分の膝に手を当てた。

「帰ってきてもらおうと思ってるんだ。だから、謝ってる。おまえの気が済むまで謝る」

「若頭補佐が？　謝るのか？　俺みたいな三下以下に？」

「俺が補佐なら、嫁のおまえも同じだ。三下とかチンピラとか、自分のことを悪く言うなよ。さびしくなるだろ」

「なんでだよ」

わからない。迎えに来た理由も、謝る理由も、帰ってきてくれと頼む理由も、全然理解できない。

「なんでだろうなぁ」

ごまかすように繰り返した周平は、長屋の狭い部屋を見回した。

「こんな場所で頑張ってきたおまえを考えると泣けるからか」

「ふざけんな！」

「ふざけてない。……ここでのおまえの暮らしを松浦組長から聞いた」

「あぁ、岡崎たちのをシゴいて金を集めてたって？」

「佐和紀、それはもう言うな。言ってもいい。でも、わざと自分を貶《おとし》めるな。俺が聞いたのは、そんなことじゃない。おまえが何が好きで、何が嫌いか、一番近くにいた人間に聞いただけだ」

「はぁ？」

「かけそばには絶対にネギを入れて、コーヒーには砂糖がないとダメで、酒まんじゅうが好きで、かりんとうが嫌い」

「そんなの聞いてどうするんだよ」

「コーヒーには砂糖を入れてやるし、かりんとうは出さないし、仕事の帰りには酒まんじゅうを買ってきてやる」

周平は真剣な顔のまま言った。ふざけていない口調に佐和紀は不安になる。

「だから、なんで」

「おまえの機嫌がいいと嬉しいからだ」

そう言われて、心が動いた。不安さえ忘れそうになる。信じることはこんなにもたやすかっただろうか。

「岩下、おまえ」

「……周平、だろ？」

「あぁ、バカ周平」

悪態をついて、佐和紀はそっぽを向いた。迎えに来てくれたのだと、まだ一緒にいられるんだと、その現実だけはやっと理解する。素直に喜ぶ姿を見せたくなくて強がってしまうのを、何もかも見透かしているのだろう周平が静かに笑った。大人の表情だ。その余裕が憎らしいほど心強い。

「おまえだけだぞ、そんなこと言って許してるのは」

「知らないよ」

速くなる胸の鼓動に気づいて、佐和紀は落ち着かず毛布を指でかき集める。

「キスしていいか」

「おまえは本当に、バカだろ。今、そういう話してたか、俺」

きつく睨んでも、周平はどこか楽しげに笑うばかりだ。

肩をすくめて、佐和紀は首を左右に振った。

「おまえとは離婚。もう終わったんだ、俺たちは」

「始まってもないだろ。おかしなこと言うな」

周平が片膝を立てて近づいてくる。床の上にぺたっと座った佐和紀は逃げようとしたが、指先でうなじをかすめられて身動きが取れなくなる。振り払えば本当に終わりになるとわかっている身体は、強がるプライドを完全に裏切った。

「していいなんて、言ってない」

顔を近づけてくる周平を睨む目に力が入らない。

「じゃあ、言えよ」

声がくちびるにかかる。

「言うか、バカ」

言葉だけがかろうじて強がりを続けるのは、もう単なるポーズだ。何を言っても、キスされることはわかっている。

それをするために、周平はここに来たのだ。鍵のかかった扉を揺さぶって開き、古くて狭い貧乏長屋の奥で待っていた佐和紀をわざわざ迎えに来た。

「……なら、してから謝るか」

穏やかに笑った周平のくちびるが押し当たる。佐和紀は軽いくちづけにさえ目を閉じた。

ふいに訪れる浮遊感に戸惑って、くちびるを重ねたまま、まぶたを押し開くと、精悍《せいかん》な顔立ちが間近に見える。お互いの眼鏡越しに視線が絡んだ。

眼鏡をかけたままでも、周平はキスが上手い。

「佐和紀、勝手にキスして悪かったな。もう一回してもいいか」

「イヤだ」

一度離れた周平のくちびるが、答えを待ってから再び重なる。今度は指がそっとあごのラインをなぞり、さっきよりも長いキスは、最後にくちびるをついばんで離れた。

「……悪かった。佐和紀、もう一回」

佐和紀は目は閉じたままで首を振る。

「イヤ」

繰り返す声が吸い上げられ、舌がそっとくちびるを舐める。

「舌を入れるけど、いいな」

「いや」

「じゃあ、吸うのは」

「い、や、だ」

佐和紀は目を開けた。

薄闇の中で白い顔の隅々までを観察していた周平の瞳が止まる。小さな動物を眺めるのに似た穏やかな表情に目を奪われながら、何かに操られるように佐和紀は言った。

「キスなんていらない」

言葉が感情よりも先にこぼれ出てくる。

「キスが嫌いか？」

「そういうことじゃない」

くちびるを噛みながら身体を離し、うつむいて毛布の隅を指でもてあそぶ。

「俺は、あんたのことが、たぶん好きだと思う」

途切れ途切れに口にして、ちらりと相手を見たが、目が合うことさえ怖くて、また視線を伏せる。

「たぶん思う、か……」

周平が息を吐いた。その反応に、佐和紀は身体をびくりとすくませた。

動悸《どうき》の激しさが増して、口に出さなければよかったと本気で後悔しても言葉は取り戻せない。

「愛してるよ」

急に耳に飛び込んできた言葉に、何を言われたのか信じられなくて、佐和紀は弾かれるように顔をあげた。周平はいつもの冷静な表情のままで、佐和紀をまっすぐに見ている。

もう幻聴まで聞こえてきてしまったのかと思った。苦虫を噛みつぶす表情になった佐和紀を覗き込んで周平はゆっくりと繰り返した。

「俺は、おまえを愛してる」

「う、うそくさい……」

声をかすれさせながら、ぎゅっと毛布を握りしめて、佐和紀は顔を背けた。熱い頬が真っ赤になっているのを知られたくない。

「誰にでも……言ってるんだろ」

肩が小刻みに揺れる。

「あのなぁ。いくら俺でも愛してるは最上級だ。他のやつらは気に入ってる程度だよ」

「しらなっ……」

毛布を強く握っていた手を掴まれた。

「キスされるの、好きだろう」

「誰にでもしてるくせに」

「かわいいこと言うなよ。またキスがしたくなるだろう」

そっと手を引かれる。拒むつもりで伸ばした腕ごと抱き寄せられて、湿ったスーツに顔が押し当たった。雨の匂いがする。それから、ウッドスパイスの香水の匂い。

混じり気のない周平の匂いを吸い込んで、佐和紀は知らず知らずのうちに肩へと頬をすり寄せた。頭を抱き寄せられて、指で髪を梳《す》かれると身体の力が抜けていく。

「佐和紀。松浦組長がひとつだけ心配だって言ってたよ」

周平の声が耳元をくすぐった。

「おまえは欲がなさすぎるって」

肩から少し離れて、周平の口元を見上げた。腰を引き寄せられ、いつのまにか毛布ごと全身を抱かれていることに気づく。身動きせずに、佐和紀は身を任せた。

肩にまわった手が、とんとんっとあやすようにリズムを取る。

「俺が欲しいか、佐和紀」

愛しているかと聞かない周平のくちびるを見つめて、佐和紀は泣きたくなった。

屋根からしたたり落ちる雨の雫のように、今泣いても周平は驚きもしないだろう。

答えようとする先からくちびるが震えた。

無理に顔を見ようとしない周平の男っぽいあごのラインに沿って視線を動かし、佐和紀は大きく息を吸い込んだ。優しさが身に沁みて、理屈なしに心が満たされていく。

どうして、と問いかけても、きっとその答えを理解できないと思う。佐和紀にとって重要なのは、周平に求められている実感だけだ。

「俺を、受け入れられないんだろう」

佐和紀は小さな声で闇に向かって言った。顔から眼鏡を奪われる。視界が揺らいでも、そばにいる周平の表情は見えた。

困ったように口元を歪めた周平が、指でそっと頬を撫でてくる。優しい仕草だ。

「泣くな」

言われて初めて、涙が溢《あふ》れていると気づいた佐和紀はまばたきを繰り返す。頬を伝う涙を、太い親指に拭われただけで身体が勝手に熱を帯びてしまう。

「どうせ男だし、俺はバカだし、重いよ」

どんな表情をすればいいのかわからない佐和紀は顔をくしゃくしゃにして周平を睨んだ。

「聞いてたのか」

笑っているような声に肯定された気がして、かっと頭に血がのぼる。

「アニキがからかってくるからだよ」

身をよじって逃げようとする身体を両腕で強く抱かれた。

「そうだよな。本気にするよな……。悪かった。佐和紀、もう怒るな」

すっかり冷えている額に、温かい頬が触れた。力強い男の腕にもう一度抱き寄せられ、佐和紀は息をひそめてしばらく目を閉じた。男の指が首筋をなぞり、確かめるように鎖骨を行き来する。

「岡崎には渡さない。他の誰にも、おまえを渡すつもりはない。指一本、他の人間に触らせるな」

男の低い声は熱っぽく潤んで、求めることには慣れていない佐和紀をおののかせる。

キスして欲しい。今この瞬間、強くくちびるを吸って欲しい。

「そんな目をするな。俺の我慢も知らないで」

忌々しげに言い放った周平が噛みつくようにくちびるを重ねてきた。

性急な舌使いで口腔《こうこう》内をまさぐられ、息苦しさに逃げ場を失った佐和紀の柔らかい舌は絡め取られる。

「んっ……ふぅ、っん……」

「受け入れられないのは、おまえの方だろう。いつもは凶暴な睨みを利かせるくせに、あの瞬間になって、あんな目で見られたら無理なんだよ」

「……」

佐和紀には何のことかわからない。

激しいキスの余韻で喘《あえ》ぎながら、目で問いかける。

「俺だっておまえが泣きわめくぐらい、徹底的に抱いてやりたいと思ってるんだ。胸を触っただけであんなに感じるおまえを、俺なしじゃいられない身体にしてやるって、毎日考えてる。……でも、怖がるだろう。こんなふうに思ったことないんだ。俺だって」

周平がふと身体を離した。部屋に置かれたバケツを振り返るようにして続きを口にする。

「惚れてるんだ。バカじゃないかと思うぐらい、大事なんだ。おまえのことが」

「そんなふうじゃなかった」

「ガキみたいだろ。こっちだって、もう何年もそんな気持ちになってないんだからな。でも、嘘じゃない。おまえがこの腕の中にいるときは、いつだって、ただの不良学生だった頃の気持ちに戻ってる」

そこまで早口に言った周平は、突然我に返ったように舌打ちをした。

「もうこれ以上、言わせるなよ。本当にガキみたいだ」

「だけど、他のやつらと比べるんだろう？」

「当たり前だ。比べるに決まってる」

あっさりと返ってくる答えに佐和紀が眉をひそめると、眉間に短いキスを落として周平は笑った。

「おまえが一番だ。それももうわかってんだよ。だから、怖いんだろうが。おまえに溺れることもわかってる」

周平の言葉に戸惑いながら、佐和紀は大きく息を吸い込んで吐き出す。抱かれていると、鼓動の速さが伝わりそうで落ち着かないのに、腕の力はゆるまりそうにもない。

「嫌いなんだと、思ってた」

涙がこぼれ落ちるのを手の甲で拭うと、その指をそっと舐められて佐和紀はもがいた。

「嫌いなヤツにキスはしないだろう」

「知らねぇよ」

「こっち、向け。佐和紀」

「嫌だ。顔、見んな」

「その顔にキスしたいんだよ」

「イヤだって！」

揉み合ってもがいているうちに、腕から逃げ出す。畳についた手がはずされた眼鏡を弾き飛ばした。

「言わせるだけ言わせといて、逃げられると思ってんのか」

背後から抱かれて、佐和紀は息を呑んだ。

「離せ」

抵抗しようとした腕を固定され、逃げることに夢中になっている間にウールの胸元に手がすべり込んだ。

「……あっ！」

身体が硬直して、じんっと痺れが走る。自分で触れたときにはどうにもならなかったのに、周平の指がかすめただけで声が漏れてしまう。

「感じやすいな」

しみじみとささやかれて、佐和紀は羞恥の極みで首を振った。

「死ね、よ……」

肌着の上から乳首の周りをゆっくりと撫でられて、息があがる。

「おまえを抱かないと死ぬに死にきれない気分だ。……俺のものにするからな、佐和紀」

首筋を吸われて、佐和紀は答える言葉もない。のけぞりながら、ただ身体を震わせた。

「……っん。……あ、はぁっ……。も、触んなっ……」

布越しに硬くなった突起をつぶされ指で弾かれる。情欲混じりのせつなさがこみ上げてきてたまらず、触れてくる手を押さえた。

もう片方の手が着物の裾を割って止まった。

「ジジイか、おまえは」

股引に触れた周平が笑いながら肩に顔を伏せてくる。

「寒かったんだよ」

「俺が熱くしてやろうか」

脱がそうと動く手を、佐和紀は闇雲に叩いた。

「バッカ……！　やめろよ。やめろ！」

上と下を同時に探ってくる器用な両手を振り払って、なんとか逃げる。

「壁が薄いんだよ。こんなところでやめろよ」

「おまえが声をこらえればいい」

周平が四つん這いのまま獣のように近づいてくる。佐和紀は足を掴まれ、簡単に押し倒された。

雨音がもうほとんど聞こえないことに気づいて、妙に冷静な自分が半分、現実から逃避していることを悟る。でも、ここで負けられない。

「……できない。できないから……」

周平の肩を力なく押し返しても、もう気持ちは絡め取られていた。両隣が聞き耳を立てるかもしれない状況なのに、今すぐにでも首筋に腕を巻きつけて引き寄せたい気持ちで頭がおかしくなりそうだ。

「あぁ……」

クールな印象の眼鏡の向こうで周平の瞳がついっと細くなる。

「かわいいな。本当に。……めちゃくちゃに犯してやりたい」

綺麗だと言われたことがあっても、かわいいと言われたことのない佐和紀は、それが嫌だと思えない自分に顔をしかめて相手を睨みつけた。

周平にくちびるを吸われ、佐和紀は片膝を立てて首筋に腕をまわす。少しだけ、と思う。

少しだけなら、声も我慢できる。

「あ……はぁっ……」

身体が密着するとそれだけで息があがって、腰周りがじんじんと痺れた。

「無理だ……周平。俺、本当に、もう……」

小さな声でささやきかけると、周平が飛んでいった佐和紀の眼鏡を引き寄せた。

「じゃあ、帰るか？　家に」

眼鏡を元に戻され、両手で頬を包まれた佐和紀はやっぱり何も答えられない。肩で息をして、周平に笑われてもただ瞳を見つめ返すだけだ。

帰る前に、と、短いキスを音を立てて何度も繰り返された。チュッ、チュッ、と恥ずかしい音が部屋に響き、たまらなくなって胸を押し返すと、手の甲にキスをされて抱き起こされる。

「抱いて帰ってやろうか」

上機嫌に顔を覗き込まれた。

「死ねばいいのに」

ぼそりとつぶやいて先に部屋を出ようとした佐和紀は、足を止めた。振り返って、周平のスーツの襟を摑んで引き寄せる。眼鏡が当たらないように首を傾《かし》げてくちびるを重ねた。

両手を逞《たくま》しい首筋に添えて、ぎこちないキスをする。少し背伸びして、見上げながらのキスは生まれて初めてだ。

「早く帰ろう。……限界……」

佐和紀は抱き寄せられながら、少しだけ離したくちびるで喘ぐように言った。

周平の運転する車で屋敷へ帰って、裏手のガレージから母屋に入る。舎弟の三人がどこからともなく飛び出してきた。

「どこにいたんですか！」

「心配させんな！」

「雨に濡れませんでしたか！」

二人の周りを犬のように飛び回る勢いで口々に言う。石垣も岡村も冷静じゃない。それが佐和紀たちには可笑《おか》しかった。

「笑いごとじゃありませんよ。無事でなによりですけど」

「いや、無事じゃないだろ……」

三井がぼそりとつぶやいてから、兄貴分に向き直った。

「達川組のチンピラが三人、繁華街の裏通りで着物姿の男にのされたって話ですよ」

報告を受けた周平からちらりと視線を向けられて、佐和紀は思わず視線を避けた。おもむろに手を摑まれ、拳を検分される。小さなケガはすぐに見つかった。

「相手はどうなったんだ」

その傷をそっと手のひらで押さえて、周平は三井を振り返らず聞いた。

「一人は歯を折られてます。まぁ、目立ったことはそれぐらいで」

「まぁ、いいだろ。どうせ、うちの組の名前は出してないんだろ？」

佐和紀はうなずいた。その顔を見た三井がとっさに眉根を寄せて首をひねる。

「アニキ、姐さんのこと泣かせたんですか」

思わぬ相手から投げかけられた鋭い視線に、周平が驚いた表情で眼鏡の位置を直す。よもやそこで三井から責めるように見られるとは思ってもいなかったのだろう。

「あぁ、本当だ。目元が赤くなってますね」

石垣もこれ見よがしな視線を、臆《おく》することなく若頭補佐に投げた。ずいっと足を踏み込む岡村まで何か言い出しそうで、さすがに佐和紀が慌てて手を振る。

「誰が泣くか。芋焼酎のお湯割りを飲んだんだよ。雨に濡れたから」

「やっぱり濡れたんですか？　じゃあ、俺は風呂の準備をしてきます」

パッと身を翻した岡村が小走りに去っていく。

「姐さん、何か食べますか。夜食でも作ってもらいましょうか」

佐和紀の言葉を一応は信じた振りをする石垣に比べ、三井は不満そうに周平を見つめたままだ。

「いや、いいよ。米を腹に入れてるから、今は減ってない」

「そうですか」

「離婚はしないことになったんですか」

三井が焦れたようにズバリと言った。舌打ちした石垣に後頭部を平手で張り飛ばされる。

「他に言い方があるだろ」

「んなもん、あるか」

「おまえら、うるさい……」

額に手を当てて、周平は重い息を吐き出した。

「するわけがないだろう。俺が嫁にもらった以上、こいつには本当に帰れる場所はないんだから。それとも何かよ、三井、離婚したら口説くつもりか？」

眼鏡をかけているからこそ、いっそう凄みのある顔に三井はごくりと喉を鳴らして後ずさった。

「いえ……」

「舎弟をいたぶって遊ぶなよ」

佐和紀が肩越しに振り返ると、周平はおもしろくなさそうに視線をそらす。

「だいたい、俺に前歯を折られてんのに、口説くとかあるわけないだろ」

肩をすくめながら三井に同意を求めると、煮えきらない表情でうなずきを返してくる。

「アニキは夜食いりませんか」

どうにも反応がおかしい三井を押しのけて、石垣がその場を繕うように尋ねた。

いらないと周平が答える。石垣は思い出したように言った。

「若頭が探してましたよ。今週末の会合の確認と、先月のシノギの件です」

「あぁ……」

　思いっきり嫌そうに顔をしかめて、きれいに髪を撫でつけてある頭を一振りする。

「おまえ、やっといて」

「できるわけないです。とりあえず顔出してくださいよ」

「今はだめだ」

　詰め寄る石垣をすげなく振り払い、廊下を歩き出した周平は足を止めて振り返ると佐和紀の腕を摑んだ。

「もういいだろ、おまえら」

　有無を言わせぬ目で舎弟たちを見据えた。苛立ちがオーラになって、メラメラと立ちのぼっている。そこへ、

「周平！」

　タイミング悪く岡崎の声がして、廊下の向こうから大股《おおまた》で近づいてきた。佐和紀に気づいて安心したような笑みを口元に浮かべる。

「戻ってきたか。そのすっきりした顔は、離婚決定だな」

　断言して顔を覗き込もうとするのを、周平がさりげなく間に入って遮る。

「会合の確認とシノギの件ですが」

そんな話は後回しだと、岡崎が手を振る。

「離婚だろ」

「誰がそんなこと。オヤジと幹部連中の手前、できませんよ」

「じゃあ、別居婚か。佐和紀、今夜からこっちの離れで寝ればいい。京子が心配してるぞ」

周平が何か言う前に、手近にあった障子ががらりと開いた。

「バカばっかり言わないのよ、あんた」

ジーンズにセーターを着た京子が顔を出す。

「いたのか」

「ええ、ずっといたのよ。佐和紀、おかえり。周平さんが迎えに行ったのね」

「ただいま戻りました。姉《ねえ》さんにはご心配をおかけしました」

言葉を挟む間もなかった佐和紀は、京子に向き直って両手を膝に当てて頭をさげた。

「いいのよ。よくあることだわ。今夜は私の部屋で寝る？　この人は追い出すから大丈夫よ」

「三人で寝ればいいだろうが」

「それは周平さんが、よっぽど無体なことをするようだったらって言ったのよ」

京子の言葉のニュアンスからは、夫婦で佐和紀の性的な面倒をみてもいいと言った岡崎と同じことが読み取れた。

「ま、待ってください。必要ないです」

「だけど、周平さんがあなたをこの世界の政治の道具にするようだったら、私はあなたを岡崎に引き受けさせるわ。この男と寝る方がよっぽどましよ」

京子の発言を聞き、腕組みをした周平の指がリズミカルに動いた。

「……誰が、するんですか。オヤジとこおろぎ組の関係を考えても、そんなことできるはずが」

「ないとは言わせないわよ。周平さん。そのつもりがなかったわけじゃないでしょう」

極道の娘らしい鋭さで、京子は夫の弟分に言葉を投げた。周平はふっと目を細めて、突かれた図星を隠すかどうか悩むように間を置いて息を吐いた。

「惚れてるんですよ。できるわけがないでしょう」

はっきりと口にした周平に、岡崎が目を見開いた。

「それをおまえが口にするか」

「言わせたんでしょうが」

周平が上下関係を忘れたように岡崎を睨みつける。対立する男たちの一方で、京子は肩の力を抜いた。

「それを聞いて安心したわ。周平さん、はっきりしないんだもの。佐和紀がかわいそうでならなかったわ」

　いつのまにか石垣と三井がしみじみと首を振っている。知らない間にかわいそうがられていた佐和紀は、柄でもない扱いにあんぐりと口を開いた。まるで他人の話みたいだ。

「離婚すればいいのに」

　岡崎がしつこく言うのを、京子が憐《あわ》れむように眺めた。

「さっさと手を出しておかないから、こうなるのよ。根性がなかったんだから、あきらめなさい」

「俺の方がいい男だろう」

　真剣な目をして訴えてくる夫と周平を冷静な目で見比べて、京子はおほほほと一見はお上品に笑う。ずばりと答えた。

「顔はどっちも負けてないけど、たぶんセックスは周平さんが上ね。さぁ、残念、残念」

「おまえ、知ってるのか」

　食ってかかる夫に微笑みを向けて、その肩を優しく撫でた。

「見ればわかるの、見ればね。佐和紀も変な勘ぐりはしないのよ」

「しませんけど……。別に、俺もかわいそがられるほどのことでは」

「そうね。気を悪くさせたならごめんなさいね」

「いえ、そういうことでもなくて」

「会合の確認とシノギの件だけどな……」

妙に沈みきった声で岡崎が眉根を寄せる。ただでさえ、凄みのある顔に影が差す。

「後にしてください」

周平がばっさりと切って捨てた。ぎろりと目を剝《む》いた岡崎を、正面から見据えて繰り返す。

「今は無理です。後にしてください」

「おまえ、兄貴分を待たせるつもりか」

「二時間もあれば済みますよ」

周平の声から感情が消えている。不安そうに見守る石垣と三井の顔から、佐和紀は周平に視線を移した。

「こっちこそ、三十分もあれば済む話だ」

あくまでも組の仕事を優先させようとする岡崎は正しい。でも、周平は眼鏡のレンズを鈍く光らせて冷淡な表情を返した。

「二時間後にお邪魔しますので」

形だけの礼儀正しさで一礼すると佐和紀の手首を引く。

「二時間も何するつもりだ」

佐和紀を引き止めようとする岡崎の肩を京子が摑んで止めた。

「やめなさいって。みっともない」

「俺は認めない。やっぱり、認めない。どうせ泣かされるぞ、そんな男」

京子を振り払った岡崎が、佐和紀の両肩を揺さぶって顔を覗き込む。

「周平と結婚させたのは間違いだった。やめとけ。今ならきれいな身体でいられる」

「……」

佐和紀は返す言葉もなく口を開きっぱなしにして、かつて自分を犯そうとまでした兄貴分を見つめた。必死の形相で岡崎は周平から佐和紀を引き離す。

京子が天井を仰ぎ見て、ため息をついた。

「若頭。手を離してもらいましょうか」

その場の空気をゆらりと振るわせたのは、周平の殺気だった。事態を見守るしかない三井と石垣が後ずさる。

「補佐の分際で。下がれよ」

佐和紀を抱き寄せて、岡崎が凄む。

腰に手をまわされても拘束されている感覚以上の何も感じない佐和紀は、ことの成り行きに少しうんざりして周平と岡崎を見比べた。

子どものおもちゃの取り合いみたいだと思いながら、岡崎の腕をほどいて胸を押しのけた。

「抱かれても抱かれなくても、結局は泣くことになりそうだから」

口調だけははっきりとさせて告げる。

「俺も岩下に惚れてるんです。……たぶん」

「たぶんかよ」

笑った周平の腕に引き寄せられて、佐和紀はよろけながら胸に抱かれた。それだけなのに、ぶつかった肩に熱さを感じて息があがりそうになる。

「今は何より、こいつの『たぶん』を『絶対』に変えることが、俺にとっての最重要課題なんです。そういうことですから、若頭」

「許すか！」

「本当にもうやめなさいよ、あんた。実の兄だってそこまでしつこくはないわよ」

ため息をつきながら、京子が夫の肩を優しく叩いた。

「また私が慰めてあげるわよ。……周平さん、二時間は邪魔をさせないから、どうぞ部屋へ戻りなさい。あんたたち、いいわね。手伝って」

京子の命令に三井と石垣はのらりくらりと動いた。大滝組若頭である岡崎の両腕をがっちりと押さえながら舎弟たちはぼやく。

「俺はあんまり、気が進まないけど」

と、三井が言った。

「まぁ、姐さんが望んでるなら……」

石垣はため息をつく。

「なんでこんなおおげさなことになるんだよ」

味方してくれているはずの周りが、みんな自分を辱めようとしている錯覚に陥った佐和紀は周平を睨んだ。

「おまえがあの夜に、さっさと突っ込んでればよかったんだろ」

「じゃあ、おまえの顔を三割減、不細工にして出直してくれよ。それから、性格の悪さも五割ほど下げてな」

「性格悪いの、好きなのかよ」

「おまえのチンピラ加減はそそる以外の何物でもない。……そうですよねぇ、若頭」

わざとらしくいつもと違う呼び方を続ける周平に、両腕をしっかりと拘束された岡崎が足を踏み鳴らして吠えた。

「そうだよ！　当たり前だろ！　佐和紀だぞ！」

ついでにバカヤロウと叫んだ声が母屋中に響いた。

結局、いまだに腕っぷしの強い岡崎が舎弟の二人をなぎ払って一暴れしようとしたところで、騒ぎを聞きつけた組長が現れて事態は収束した。さすがの若頭も組長相手には暴れられない。

やっと解放され、二人で離れに続く渡り廊下を歩いている途中、呼びに戻ってきた岡村と会った。母屋でおもしろいものが見れるぞと笑った周平は、夫婦の営みを邪魔するなよとあからさまな釘刺《くぎさ》しをした。

先に部屋へ戻ろうとしていた佐和紀は、とんでもない言葉にぎょっとして勢いよく振り返る。岡村から心配そうな顔を向けられて、心底からげんなりした。やっぱり同情の名を借りた辱めだ。

それもこれも周平のせいなのに責められない。求めているのは自分も同じだと自覚しながら、同意の上だと岡村に目で訴える。察しのいい舎弟には、どうやらストレートに伝わったらしい。佐和紀は前へ向き直った。

岡村が去っていく足音の後で自分をゆっくり追ってくる足音に耳をそばだてる。

足を止めて、ガラス戸の外へ目を向けた。闇の中に木々は沈み込み、雨音は聞こえない。目をこらしても降っているのかどうか、判別ができなかった。

「佐和紀」

追いついた周平に肩を摑まれて、佐和紀は庭を指さす。

「花がいっぱい落ちてもったいないな。椿《つばき》の花って、嫌いじゃな……」

肩をガラス戸に押しつけられ、言葉が奪われる。

「たッ……！」

眼鏡がぶつかった。角度を変えてキスされるたびにガチャガチャと眼鏡が当たって、佐和紀はたまらずに周平の胸を強く押し返す。

「痛いって！　眼鏡が」

当たると言いかけた声がまた吸い上げられた。腕ごと強引に抱きすくめられ、舌を乱暴に貪《むさぼ》られる。

「……ん、くっ……」

ガラス戸の冷たさが衣服越しに肌へと伝わるのに、佐和紀は熱っぽく喘いだ。

長屋であれだけ盛り上がったのに、屋敷へたどり着くなり散々邪魔をされ、よほど焦れていたらしい周平が欲望を剝き出しにしてくる。

佐和紀の心の準備や、ここが廊下だということも関係ない激しさで襟足をまさぐられ、息苦しさから逃れるくちびるを追われた。また眼鏡がぶつかり合って音を鳴らす。

「風呂……」

キスに絡め取られて動かなくなる頭の中から、なんとかそれだけを絞り出して声にすると、首筋に顔をうずめた周平が欲情を露わにして笑った。

「一緒に入るか」

それだけの言葉がやけにいやらしい。

「……んっ……ぁ」

帯を解かれて、佐和紀はびくっと身をすくませた。その反応に、周平が手を止める。

「怖いのか」

覗き込んでくる目は、性欲を滾《たぎ》らせた男の顔だ。佐和紀は二人の身体の間でつぶされそうになっていた腕をゆっくりと伸ばした。

「違う」

初めてだからもっと気を使ってくれとは恥ずかしすぎて口にできない。佐和紀は戸惑いながら、周平の首にぎこちなくしがみついた。

「風呂に行ってくる」

「俺を殺すつもりか」

押しつけてくる腰の昂《たか》ぶりに、佐和紀は腕を絡めたまま言葉もなく天井を見上げた。

「死なないだろ……」

身体を離すと、引き止められることもなくあっさりと解放された。

寝室までは一緒に歩く。

「三分で来いよ」

障子を開けながら周平が鋭く言う。

子どもみたいな無茶に、佐和紀は無理だと笑って答えた。

「俺はおまえの匂いが好きだけどな」

名残惜しそうに髪に触られて、ついつい引き寄せられそうになった。

表情を固くして睨んだ。

「色事師が……」

悪態をついて周平を部屋へ押し込み、乱暴に障子を閉めた。何か言われるたびに熱くなる頬がうっとうしくて、風呂場に入るなり浴槽の湯で顔を洗う。

何も考えないようにすることは難しかった。

キスの上手い周平に、眼鏡がぶつかるほどの余裕のなさで求められたせいだ。欲求の強さが伝わってきて胸が苦しくなる。

浴槽のふちに手をかけ、男に抱かれるという異常事態を実感してため息をついた。ぼんやりと宙を眺めた佐和紀は放心しながら湯に腕を浸す。

周平のくちびるの感触を思い出していて目眩に似た感覚が起こる。身体の芯がぞくりと震えた。

目を閉じかけた佐和紀の背後から、ふいに扉越しの声がかかる。いきなりのことに、佐和紀は混乱して湯の中に飛び込んだ。

「やっぱり、先に汗だけ流すことにした」

そんなことを陽気に言いながら、半勃ちになった前を隠しもせずに入ってくる周平から目をそらす。

「信じられない」

小さくつぶやいて、ぶくぶくと息を吐きながら鼻先まで湯の中に沈み込む。青濁色の入浴剤のおかげで身体は見られずに済んだが、そんなことを気にする自分が嫌だった。

佐和紀は浴槽の湯を使って手早く身体を洗い始める周平を盗み見た。さすがに背を向けている周平の肌には、肩から広い背中一面に刺青《いれずみ》が彫り込まれている。極彩色の唐獅子《からじし》牡丹《ぼたん》は、タトゥーなんて生やさしいものじゃない。消すことは二度とできない正真正銘の彫り物だ。

「これ……」

たまらず、ざばりと湯から出て上半身を乗り出すように手を伸ばした。

見事だ。泡にまみれた背中にそっと触れる。

二匹の唐獅子が牡丹の花に囲まれて遊んでいる。躍動感のある図柄といい色の置き方といい、これほどの彫り物は見たことがなかった。岡崎や他の兄貴分たちの誰にも劣らない。

「さすがにおまえの柔肌には彫らせなかっただろう。松浦さんも」

「俺は禁止されてたんだ」

佐和紀は絵をなぞりながらうっとりと目を細める。憧《あこが》れたこともある男の証《あかし》だ。

「名の売れた彫り物師の最後の仕事だ。俺が死んだら、剝がして博物館に入れてくれよ」

「うん。価値はある」

周平の冗談を真に受けて、佐和紀はうなずいた。

「入れたいのか」

「似合わないのはわかってる」

こういう見事な刺青は大きなキャンバスに彫ってこそ活きる。佐和紀のような華奢《きゃしゃ》な背中にしょっても元の貧弱さが増すだけで絵も死ぬだろう。

「それ以上触るなら後にしろ。ここで襲うぞ」

笑いながら振り返った周平が肩に湯をかけて泡を流す。佐和紀は湯桶《ゆおけ》を奪って、ひとしきり手伝った。その間も目は刺青の絵に奪われたままだ。

禍々《まがまが》しいほど青い地紋は繊細に彫り込まれている。泡を流し終えて、湯船の中に戻った佐和紀に、

「きれいにしてこいよ」

あっさりと言い残して出ていった周平が、思い出したようにガラス戸を開けた。顔を覗かせる。

「自分でいじったりするなよ。前も後ろも」

「するか、ボケッ！」

佐和紀が叫ぶと、戸を閉めた向こうから周平の笑い声が聞こえ、やがて去っていく。キスの余韻が身体から消えているのを感じて、佐和紀も浴槽を出た。

何も考えずに身体を洗って、ふと鏡を覗き込む。自分の首筋に、つけられたばかりの痕《あと》を見つけたからだ。赤い名残が肌に散っている。

所有の証だろうか。

そう考えると、ひとつだけじゃないそれを見るだけで胸が熱くなる。佐和紀はたまらず頭から湯をかぶった。

何もかもを思い切って、覚悟を決めるつもりで鏡の中の自分を睨む。白い肌の男は、見覚えのない表情で睨み返してくる。

こんな顔をしていただろうかと思った。もっと思い詰めて切実で、明日の暮らしに追われる生活が滲《にじ》んでいたはずだ。鋭い目元にかろうじて残るチンピラらしさに佐和紀は目を細めた。

ごく自然なことだ。好きだから、身を任せる。相手が立派な彫り物を背負っているから、自分が下になってやるのだ。

そう思いながら、佐和紀は相手を抱こうとは到底考えられそうもない自分を嘲笑《あざわら》う。でも、それが周平との関係性だと認めて息を吐く。身を任せることで、周平を受け止めるんだと考え、自分のような人間が満足させられるだろうかと一瞬だけ弱気になる。

もしかしたら、これが最初で最後かも知れない。心の奥底で怯《おび》えている自分を振り切り、浴室から出た。

だとしても、その一度が欲しいと思うから、用意されたバスローブを羽織って眼鏡をかけ直し、タオルで髪を拭きながら寝室へ向かう。

何かをこんなにも求めるなんて、どれほど振りだろうか。物にも人にも期待することをあきらめ、別れだけが人生の醍醐《だいごみ》味だと思ってきた。

そんな自分が愛されたいと願っている。

薄暗くした部屋の窓際で、外を眺めながら周平はタバコを吸っていた。揃いのバスローブ姿だ。

「俺にも一本」

言いながらそばに座ると、吸っていたタバコをくちびるに差し込まれる。

ずっと昔から、そうして暮らしていたような自然さで周平が言った。

「こっちへ来い、佐和紀」

「いや、まだ吸ってる……から」

顔を向けた佐和紀は、有無を言わせない目から視線を伏せた。余裕のある振りで紫煙をくゆらせても、速くなる鼓動を止められず、指がみっともないほど震えそうになる。

「おまえは、そうやって逃げるつもりだろう」

ぐいっと腕を引かれて、佐和紀は斜め後ろへ倒れ込んだ。周平の胸に肩がぶつかる。抱き留められて、少し気分が楽になったのは腕に身体を抱かれたからだ。

不思議と安心して、苦しかった動悸の激しさが落ち着きを取り戻す。

「きれいにしてきたか」

「んー？」

タバコの先端が赤く燃える。煙のゆく先を眺めながら、佐和紀は目を細めた。

「きれいにしろとか、でも触るなとか、どっちだよ」

「どっちもだ」

佐和紀の指から短くなったタバコを取って、最後の一息を吸った周平が火を消す。ちょうど肩に頭を預ける形で抱かれた佐和紀のあごを、指が押し上げた。目を閉じずにキスを受ける。眼鏡は当たらず、くちびるが重なる。

柔らかいキスに軽く開いたくちびるの狭間《はざま》で、舌が互いをさらりと愛撫《あいぶ》して離れた。痺れるような感覚を、舌に残るニコチンのせいにして、佐和紀は軽い吐息を漏らす。

「緊張してるのか」

からかうように言われて、相手を睨む。するなという方が無理だ。抱き寄せられてキスをするだけで、顔が歪みそうなほどせつなくなるのに、その先に何が待っているのかを想像もしたくない。

だけど、もっと強く周平を感じられるなら、それを受けたくて心が焦れる。

相反する二つの感情の中で、佐和紀は素直になれないまま、せめて睨むのはやめようと心がけて周平を見た。結果は一緒だった。

視線をすがらせれば、強がりはそのまま挑むようなきついまなざしになる。周平は何も気にしない様子で受け止め、なおかつ薄笑いを浮かべた。

「そんな悠長なことを言ってる暇はないぞ」

佐和紀の手を股間へと引き寄せる。目を見張った佐和紀は、無意識に逃げようとして、がっちりと肩を押さえられた。

「まだ、何も」

風呂場で見たときは半勃ち程度だったものが、今はもう先走りをこぼしそうなほど反り返っている。

「言っとくけどなぁ、佐和紀。こんなにギンギンなのは、もう何年もない。誰に舐められたってこうはならない」

「嘘だろ……」

思わず目を向けた佐和紀は、自分の指で触れた屹立《きつりつ》が、びくんと大きく揺れるのに驚いて子どものように手を離す。

「こんなの、フェラできな……んっ……」

言葉が奪われた。抱きすくめられたまま、激しくくちびるを貪られる。

「んぅ、……んんっ！」

眼鏡同士がぶつかり合い、佐和紀の眼鏡が額へとずれた。

「……ふぁッ……！」

無遠慮にバスローブを開いた手のひらが胸を撫で回してくる。キスに感じていた小さなしこりを、周平の指がおもむろに強く摘んで引っ張った。

「あぁっ！」

痛みが走り、びくっと身体が大きく震えた。佐和紀は恥ずかしさに身悶《みもだ》える。首を何度も振って、手を退《ど》けようと掴んだが周平の力の方がずっと強い。それどころか、抵抗すると乳首をしごいたり押しつぶしたりする責めが激しくなり、頭の芯がぼうっと痺れておかしくなってしまう。

周平のキスも次第に激しさを増した。息をすることも許されずに、佐和紀は鼻で呼吸を繰り返しながら、胸を上下させて喘いだ。舌が絡み、くちびるの端からこぼれた唾液《だえき》があごを固定する周平の指を濡らしている。

野獣のような息を繰り返す周平にくちびるを食《は》まれ、酸素を求めてもがいた佐和紀は顔を押しのけてのけぞった。

とにかく離れようと布団の方へ向かう身体に手が伸びてきて、バスローブを肩から剥がれる。

「……ハァッ……ハァッ……んんっ」

背後から抱かれたと思った直後には仰向けにされて、柔らかな布団に両肩を押さえつけられる。

「ぶち込みたい」

レンズの向こうで情欲に支配された男が熱にうなされたように口にする言葉にも、佐和紀は大きく身体を震わせて柳眉《りゅうび》を寄せた。我慢の限界を超えたらしい周平は、若頭補佐の威厳も落ち着きもなくし、凜々《りり》しい目元を苦しげに歪めている。

愛し合うという言葉で表現できるセックスじゃないと佐和紀は自覚した。

この一度きりかどうかという問題でもない。

何がどうなっているのかは理解できなくても、周平の方も理性を失いかけるほど求めていることだけが事実だった。感情は飾り気なく剝き出しで、本音だけが佐和紀へとぶつかってくる。

自分が満たされない何かを補いたいと願うように、周平の中にも埋められない虚無が存在するのかも知れない。そんなことを一瞬の中で考えて、佐和紀は苦しさに目元を歪めた。

確かに、この一度きりのセックスだ。

二人の初めては、今にしか存在しない。佐和紀が他人に『初めて』身体を開くのも、この一度だけだ。もう絶対に二度目はない。

「おまえに入ることしか……」

周平が言う。乱れた息を繰り返す佐和紀は、自分を押さえつけている腕へ必死に指をすがらせた。準備をしなければ楽に繋がり合えないことはお互いにわかっている。

でも、何もかもを一瞬で手放してただの男に成り下がった周平の激しさに、佐和紀は同じ快楽を追いたい一心でしがみつくしかない。

大事に抱いてくれとは思わなかった。

壊れものを扱うように抱こうとしている周平が、そうしようと思えば思うほど、男の本能で欲情してしまうことを悔やんでいるのがわかる。誰にも見せたことはないだろう不器用さが愛しくてたまらなくなる。だから、どんなふうでもかまわないと思う。

激しくても、酷《ひど》くても、傷ついても、相手が周平ならそれだけでいい。

白い肌を赤く火照《ほて》らせて喘ぐ佐和紀に、一瞬困ったように目を細めた周平が枕《まくら》の下に手を差し込んで小さなボトルを取り出した。

「こういうつもりじゃなかった」

言いながら、とろみのあるローションを指に取り、佐和紀の身体に運ぶ。

「もっと、傷つかないようにしてやるつもりだった」

無理だと周平は顔をしかめた。股間で天を突くように屹立している周平の性器の先端が、透明の先走りで濡れている。

「……いい」

佐和紀は、ずれた眼鏡が、額に乗ったままでいることにも気づかないで答えた。

後ろにあてがわれた指が性急に入り口を探るせいで、他のことに頭が回らなくなる。

「っ……ふっ、ん……」

ローションのぬめりで指がずるりと滑り込んだ。目を閉じてあごをそらした佐和紀は、腕で顔を覆う。

異物感に襲われた以上に、周平の指は熱かった。実質的な熱じゃない。初めて抱き寄せられてキスされたときに感じたように、周平の指は特別に温かい。じんわりと内壁を温められて、佐和紀はせつなさに背筋をしならせて腰をよじった。

怖いと思う。

今までの自分が、生き方が、壊されると思う。

なのに、周平が欲しくてたまらなくなる。

「……あ、ぁ……ん」

ぬっくぬっくとリズミカルに指で内壁を犯す周平は、もう片方の手で佐和紀の指を強く握りしめた。

「うっ、ふぅ、……んー、んっ、ん……」

上向きにした指でぐるぐると掻き回される恥ずかしさに、佐和紀は声を押し殺す。

「あっ、ん……！」

ある一部分に触れられたとき、佐和紀はこらえきれずに大きく声をあげてのけぞった。慣れない異物挿入の違和感で萎えかけていたものが奮い立つ。その感覚に、顔を引きつらせながら周平を見た。

「な、に……」

「ここか」

くいくいっと指が動く。

「ひ……っ、あ、あっ……」

びく、びく、と下腹の筋肉が引きつれる。

「少しはよくなるだろ」

周平が荒い息を繰り返しながら、舌なめずりする。お預けになった餌《えさ》を一番おいしくいただこうとしている獣にしか見えず、佐和紀はおおげさに髪を振った。

「っくなるか……。やだっ、っつーの……！」

足をばたつかせながら強がりを口にしても、大きく開いた白い股の間には男の太い指がずっぷりと差し込まれている。それがうごめくたびに声は引きつり、女みたいな嬌声《きょうせい》が漏れそうになるのを佐和紀はくちびるを噛んでやり過ごす。

「我慢したら、苦しくなるだけだ」

指を引き戻し、本数を増やした周平が言う。

「ぁあッ！　やっ……。ちょっ、ま、……待って……！　あぁっ。あ、あっ」

「ほぐれてきたぞ、佐和紀。もう、三本はいけるかもな」

「言、うなっ……」

また片腕で顔を覆いながら、佐和紀も絡めた指は離さなかった。

理性が飛びそうになる。思いっきり声をあげて追いかけたいような快感が、腰の周りをじわじわと這い回る。二本の指は、濡れた音を薄闇に響かせながら前立腺《ぜんりつせん》のスポットを刺激しては、骨ばった関節で入り口を何度もこすってほぐす。

出たり入ったりする感覚に佐和紀が慣れを覚えるまで周平はギリギリの我慢をするつもりなのか、身体を曲げて佐和紀の鎖骨に噛みついた。

「痛ッ……！」

悲鳴をあげた佐和紀は声を詰まらせた。ぐっとのけぞり、足先で布団を蹴《け》る。

「くぅ……ふ、うっ……」

声をこらえても無駄だった。ぷくりと膨らんだ乳首を舌で舐められ、歯で甘噛みされると、得体の知れない快楽の波にさらわれて身体中の毛が逆立つ。

「あああっ！」

耐えられずに叫んで身をよじった。たまらなく、せつない。胃がきゅうっと収縮して、込みあげてくる感情の波に目眩がした。

両手のふさがっている周平はなおも舌先で愛撫を続ける。まぶたの裏が熱くなって、感情の昂ぶりに誘発されるように視界が揺らいだ。

「やっ……、……はっ、あぁ……」

首を起こした佐和紀を周平の鋭い瞳が射抜いた。獲物を仕留める男のまなざしに、完全に落ちた。強がりが剝がれ落ち、佐和紀は素に戻って息を乱す。

「おまえが欲しい。佐和紀」

おまえはどうなんだと問いかける周平の表情を、まっすぐに見つめ返した。

自分がどんな顔をしているのか、佐和紀にはわかる。風呂場の鏡で見た、あの顔だ。孤独を抱えて虚勢を張るチンピラの矮小《わいしょう》さから逃れ、見守ってくれる優しさに人間らしい欲望を覚えた自分の顔が脳裏に浮かぶ。

同じことを松浦もしてくれたはずなのに、自分は周平を求めている。何が違うのかわからないけれど、周平の視線には欲情して、そして抱き寄せられたいと思う。

相手を受け入れ、すべてを開き、何もかもを暴いて欲しかった。

弱さも貪欲《どんよく》さも、甘えも、秘められた欲情さえも。何もかもを差し出したい。

「挿《い》れてくれよ。……欲しいんだ、奥に」

佐和紀の目は憂いを帯びた。せつないほどの肉欲の滾りが、理性も体面も自尊心も根こそぎ奪い去って、そこにいるのはただの無防備な精神だけになる。

周平が指を引き抜いて、繋いだままの手で佐和紀の濡れたこめかみを撫でた。愛していると、くちびるが動く。お互いの言葉はもう声にならず、片腕で強く抱き寄せられながら、佐和紀は自分から周平の首筋を強く吸った。赤い痕を残して身体を離し、促されるままにうつ伏せの状態で腰を上げた。

周平がバスローブを脱ぐ気配がした後、もう一度ローションをたっぷりと内壁に塗られた。

正常位で繋がるより負担がないことは言われなくても理解できる。佐和紀は自分の腕に引っかかっているタオル地のバスローブに顔を伏せた。

「痛かったら、声を出せよ。我慢すると余計に力が入るからな」

周平は早口だ。先端があてがわれ、ぐっと質量がねじ込まれる。

「う、く……。うぅッ……！」

苦しさも、違和感も、指とは比べものにならない。乱暴に押し入られると皮膚が傷つきそうで、求める気持ちとは裏腹に身体をこわばらせる。

周平が呻くような息づかいで何度も先端を前後に動かす。そのたびに拡《ひろ》げられた入り口の肉がめくれる感覚に佐和紀は身悶えた。

どうすればいいか、わからない。快感もない。

それなのに、どうしても周平を欲しいと思う気持ちだけが先走って、佐和紀は耐えられずにしゃくりあげた。

「痛いか」

苦痛をこらえるような声で、無理やりにでも押し込みたいのを我慢しているのがわかる。

答えられずに佐和紀は肩を震わせた。しゃくりあげて泣いていることに気づいた周平が動きをゆるめ、腰を離そうとする。

気配を感じた佐和紀は激しくかぶりを振った。

「いやだっ……。抜い、たら……ッ」

「いいから落ち着け」

「痛くない……。痛くないからっ」

「泣きながら言うなよ。強姦《ごうかん》したいわけじゃない」

「欲しいんだよっ！」

佐和紀は泣きながら叫んだ。

「好きなんだ。たまんないんだよっ……！」

「おっ、まえは……」

佐和紀に刺さったままの周平がまた質量を変えた。

「俺を試すな。……犯すからな。泣いてても、ヤるからな」

「うっ……、あぁっ！」

固い切っ先で、ぐっと肉が犯される。そのまま押し込まれ、佐和紀は突き上げられる衝撃に大きく息を吐き出した。

「狭いな……っ」

これ以上は保《も》ちそうにないと周平はひそめた声で苦しげに言う。

「いい具合だ。中はトロトロになってる」

いやらしいささやきの通りだった。肉が引きつるようにギチギチの入り口と違って、柔らかな内壁の襞《ひだ》は周平の硬い肉を包み込む。

「あ、あっ……！」

腰を両手で掴まれ、ゆっくりと短いストロークで突かれるたび、佐和紀はしゃくりあげて泣く。痛みも嫌悪感もなかった。

ただ圧倒的な異物感に押し拡げられて息が止まりそうになり、呼吸は泣き声になる。

「……あんっ、あぁっ……あー、あーっ」

やがて馴染《なじ》んできた周平が、動きを大きくした。出たり入ったりする性器に入り口とも出口とも呼べない部分をこすられ、佐和紀は身悶えた。何が悦《よ》いというわけでもない。痛みもない。

ただ熱い肉がずくずくとあらぬ場所を犯しているだけなのに、込みあげてくる涙が止まらなかった。

悲しくもないのに、泣けて泣けて、佐和紀は自分でも戸惑いながらバスローブを噛んだ。

息が詰まるほどの苦しさに胸を掻きむしられる。

「んっ、うぅっ……んん、……あぁっ……」

周平の手が背中を撫でた。

「……くっ、出すぞ、佐和紀……」

腰の動きが射精のためのそれに変わる。ラストスパートで乱暴に揺さぶられ、佐和紀はもうひたすら泣き声で喘いだ。

乱れた周平の息が汗と一緒になって肌の上に落ちる。

「あぁっ、あぁっ、あ、あっ！」

最後の一突きで奥深くをえぐられ、泣きじゃくりながらのけぞった佐和紀を力強い腕が抱きしめた。太い指をした大きな手のひらが、佐和紀の細く長い指を摑む。

身体の奥に熱い体液を注ぎ込まれ、敏感な場所の柔らかい肉が痙攣した。息を詰めて射精した周平が脱力する。

「はっ……、はぁっ……」

「まだっ……！」

息を乱したままで離れようとする周平の手を摑んで引き止める。

心得たように前に伸びる手を拒んだ。

「ちがっ……。まだ、居て……まだ」

感じていたかった。射精で得る肉体的な充足感なんて必要ない。佐和紀は精を放っても衰えない周平の性器の硬さに息を吐いた。

そっと奥を突いてくる動きに、涙で濡れた目を閉じる。

「ん、ん……」

全身で周平を感じ、静かな快感に息が震える。

「おまえは悪魔だな」

周平がささやいた。

「こんなに熱烈に求められたのは初めてだ」

「うっさいんだよ……」

佐和紀は冷たく言いながらくちびるを歪めた。やっと人間らしい理性が戻ってくると、緩慢な動きで周平の下から這い出る。ずるりと肉が抜けた。

「欲しかったんだよ」

髪を掻き上げながら片膝を立てて周平を見た。視線が合うとまた涙が出てきて、佐和紀は自分でも理解できずにあきれて髪を振る。

「なんだ、これ」

「いいんだよ。ほら……」

周平に足を摑まれ、向かい合わせでまたがるように膝へ乗せられる。

ちゅっと音を立ててくちびるを吸われ、佐和紀は顔をしかめた。涙がぽろぽろとこぼれる。

「こわかっただろ。悪かったな、バックからで」

「そういうんじゃ……」

答える先から耐えられず、佐和紀は子どものようにしゃくりあげて周平の首にしがみついた。

好きで好きでたまらなくて、ただそれだけだ。周平が自分の中に入ったという事実だけが胸に沁みる。

「風呂に行くか？　それとも、もう一回……」

背中を抱き支えた周平に押し倒され、佐和紀は一言答えた。

「タバコ」

「俺は違うものを吸わせてもらう」

笑いながら下半身に触れられて、鼻をすんすん鳴らしていた佐和紀は逃げた。

「ちょっと、待て」

「なんだよ」

「……他の情人《いろ》を切ってくれないと嫌だ」

「はん？」

周平が眉をひそめた。佐和紀は繰り返す。

「他のやつらとも続けるつもりなら、俺はこれきりにする」

「マジか。披露宴からこっち、おまえ以外とは」

「これからも、すんな」

顔立ちだけを見れば儚《はかな》いほど繊細で美しい佐和紀は、涙で潤む赤い目元を歪めた。

「即答しないのか」

「答えるまでもないだろ。おまえに比べたら、他はみんなカスだ」

周平の言葉に、佐和紀は満足げに笑って頬を手の甲で拭った。

「今日はもうしなくていい。まだおまえが入ってるみたいな感じがするし」

また周平の下から這い出して、窓際でタバコに火をつける。初めて経験する、セックスの後の一服を吸い込んだ。

「後ろが開いてるうちに、もう一ラウンドさせろよ」

眼鏡をどこにやったのか考えていた背中に投げられるからかいを、振り返りもせず一笑に付して佐和紀はタバコを吸う。三口で灰皿に押しつけ、周平のそばに戻った。

誘われるままにキスして、端整な顔立ちを覗き込んだ。

「浮気したら、殺す」

真剣な眼で見据えられた周平の顔から笑いが消える。佐和紀は艶然《えんぜん》と微笑んで、自分だけの男に乱暴な仕草でもたれかかった。


庭の白い侘助《わびすけ》椿が土の上に落ちる。

頭の上で書類を繰る音がするだけで静かだ。週末の昼下がりの平和に、佐和紀は目を閉じた。

「これが終わったら、どこか行くか」

佐和紀の頭を足に乗せて仕事の書類に目を通している周平が言った。

「んー」

生返事をすると、いたずらな指が着物の襟の間に忍び込んでくる。

日差しの当たる縁側は、春を感じさせるほど暖かい。

「……あっ」

「それとも、部屋にしけこむか。たっぷりかわいがってやる」

指で突起をもてあそばれ、佐和紀は熱い息を吐いて目を閉じた。

「補佐、姐さん。お茶を淹《い》れましたよ」

慣れた顔で驚きもせずに現れた石垣の声に感情がない。

佐和紀と周平も平然としたまま、体勢を変えたりはしなかった。

「わざとだろう、おまえ」

佐和紀の頭を膝に乗せた周平が言う。

「何を言ってるんですか。お茶を淹れてこいって言いましたよね？」

「タイミングってものを考えないのか」

「そんなものを待っていたら、始まってしまう気がして俺には無理です」

正面切って言われた周平を笑いながら、佐和紀は胸元の手を摑んで抜いた。仰向けに転がって立てた膝が露わになっている。白い肌の膝頭の横側の柔らかな部分に赤い痕が残っているのを石垣は見ない振りしながら、二人とは距離を置いた場所に座った。

そこへ庭から三井がやってくる。

「姐さん、花札で一勝負」

「またカモられに来たか。懲りないな」

佐和紀が起き上がると、石垣が部屋から座布団を二枚持ってきた。

「石垣は？」

据えられた一枚に佐和紀があぐらを組みながら聞くと、

「今日の姐さんのツキ具合を見てからにします」

「そういうこと言ってるからダメなんだよ」

昨日も大枚巻き上げられている三井は燃えた目をして、周平に挨拶をしてから縁側にのぼった。もう一枚の座布団の上に手にした花札をケースごと置いて自分は縁側へ直《じか》に座る。

心得ている石垣が札を繰って配るのを待ちながら、佐和紀は上機嫌に灰皿を引き寄せてタバコを手にした。ライターを取り出す三井を制して、自分で火をつける。

「おまえはいくつなんだよ」

背中に周平の笑い声を聞いて、くわえタバコで歌いながら札を眺めていた佐和紀は振り返った。

「うん？　歌ってた？」

くちびるからタバコが抜かれる。

「軍歌だろ」

周平が煙を吐きながら佐和紀の手元を覗き込む。

「ラバウル小唄だ」

答えると、

「古いとか流行《はや》らないとか、そういうものを超えてますね」

石垣が笑い、なぁ、と周平が賛同する。

「で、新婚旅行はどうするんスか」

三井が顔をあげた。

「指輪も見に行かないと」

石垣が付け加える。どちらも考えたことのなかった佐和紀は周平を見た。

「指輪はこれが終わったら見に行く」

タバコを佐和紀に返した周平が書類をはためかせる。

「旅行は……、海外行きたいか？」

「いや、別に」

佐和紀は新しい札を取りながらうつむく。

「飛行機、乗ったことあんの？」

相変わらず佐和紀に対しては砕けた口調のままで三井が言った。

「あれは乗り物じゃない」

小声で佐和紀は答えた。

「ないんだな」

笑いながら言う周平から乗るのが怖いのかと口に出される前に、佐和紀はきついまなざしで睨みつけた。

「俺を睨むな。じゃあ、箱根《はこね》に行けばいい」

「箱根ですか。日帰りコースですよ。それはちょっと……」

石垣が非難するように眉を寄せる。

「温泉がいい」

佐和紀の頬に赤みが差し、目が輝く。

「ほんっとうに、貧乏で苦労したんだな、あんた」

ただでさえ整っている佐和紀の顔はいっそう表情豊かに美しくなり、目を奪われた三井がしみじみと口にした。石垣も目を伏せて深くうなずく。

「なんだよ、それ」

くちびるを尖らせる佐和紀の髪を、周平が撫でた。

「わかった、わかった。伊豆《いず》でも伊香保《いかほ》でも草津《くさつ》でも、おまえが好きなところに連れていってやる」

「なんか顔がエロいんだけど」

「露天風呂のついてる部屋を取ってやるからな」

「へぇ、そんなのがあるんだ」

何も知らない佐和紀は嬉々《きき》として舎弟たちを振り返り、その喜びように今はスタンダードだと言い切れずに三井と石垣はただ黙って首を縦に振った。

「じゃあ、みんなで行こう」

「ちょっと、待て。佐和紀。……新婚旅行だろ？」

「おまえらイヤ？」

戸惑う周平を無視した佐和紀は、一緒に行くのが嫌なのかと確認する。

「嫌じゃないよ」

「喜んでお供します」

「待て！　おまえら！　おかしいだろ」

周平が気色ばんだ。

「せっかくなのに」

花札を置いた佐和紀は、しらけた目で周平を見た。

「後悔するのはおまえらだからな。夜は容赦しないぞ」

「ん？」

佐和紀が首を傾げる。

「見せるの？」

「見せるか！」

「俺は見ててもいいッスよ。なんなら手伝います」

三井が陽気に手をあげる。

「死ねよ、おまえ」

冷たい視線を向けた佐和紀の後ろから、周平にも今すぐ殺すと言わんばかりの視線を送られた三井が震え上がった。

「いや、部屋は別がいいよな。うん」

そんな仲間を石垣は横目で見て笑う。

「じゃあ、よさそうなところを俺がリサーチしておきます。岡村も一緒でいいですね」

「何の話？」

ちょうど庭から現れた岡村が、周平に一礼した。

「アニキ、一通りシマを流してきました。特に目立ったトラブルはないみたいですけど」

続きを言う前に、三井が言葉を挟んだ。

「アニキが露天風呂で姐さんにあれこれいやらしいことをするつもりらしいって話」

「そうなんですか。それはおいしすぎるシチュエーションですね。まだ、いろいろと試してないことがあっていいですよね」

岡村は珍しくやさぐれた物言いで冷笑した。様子がおかしい。

「どうした、おまえ。殴られたのか」

眉をひそめた佐和紀は、死角になっていた岡村の頬骨のあたりが腫《は》れて、小さな傷から血が滲んでいるのに気づいた。

「ゴールドラッシュの美紅《みく》なんですけど」

佐和紀には答えずに、周平に対して岡村は報告の続きを始めた。

出てきた女の名前に、三井の眉が動く。石垣はいつも通り冷静だ。

「アニキとの別れ話に逆上して手がつけられません」

どうやら周平は、遊んできた女へ引導を渡す役目を岡村に任せたらしい。

「何で殴られた」

「危うくシャンパンの瓶で殴られるところでした。実際には指輪のついた拳ですが」

「で、納得させたか」

「あの子は行き着くところ金ですからねぇ」

「手切れを渡すほどの相手じゃないだろ」

周平がタバコを手にすると、岡村はさっとライターを出して火をつけた。そんな役回りに拗ねていても、条件反射で身体が動く。

佐和紀は自分がいても平気で話をするのが周平のいいところでもあり、悪いところでもあると思いながら短くなったタバコを消した。

「うちを怒らせたら、あの一帯では働けませんからね。でも、あの店ではドル箱ですよ」

「で？　どうするつもりだ。もうだいたい決めてるんだろ」

「しばらく俺の女にします。その後は適当にしておきます」

「そう来たか」

声をあげて笑った周平が、佐和紀を振り返った。

「おもしろくないか？」

「いや、別に。お盛んだなぁと思って」

「俺とおまえも負けてはいないだろ」

周平の手が頬に当たる。近づいてくるくちびるに目を閉じかけた佐和紀の耳に、舎弟たちの揃いも揃った咳払《せきばら》いが届いて我に返る。

「おまえら、散れよ」

舌打ちした周平が凄んだ。三人はそれぞれまっすぐに兄貴分を見て堂々と答える。

「お茶の用意ができてますから」

「花札の途中ですから」

「報告が終わるまでは」

周平はろくに吸っていないタバコを消して、次の一本を取り出す。

「何の嫌がらせだ」

「嫌がらせぐらいしてもいいじゃないですか」

石垣がはっきり言い返した。

「おまえは最近、反抗的だな」

「そんなことはないつもりですが、俺が姐さんレベルの嫁をもらったと想像したらわかりませんか？」

「いや、アニキはもう、もらってるからなぁ」

三井がぼやく。岡村がうなずいた。

「俺も姐さんが絡んでなきゃ、美紅なんて泡の中に沈めてますよ、めんどくさい」

「そうすればいいだろうが」

周平があっさり答えると、岡村は真剣な顔で首を振った。

「ダメですよ。若頭補佐の嫁が因縁つけて、キャバ嬢がソープ送りになったたって噂《うわさ》になりますから。絶対に、姐さんの評判が落ちることだけはしません」

「そこまで頼んでないけどどな。……聞いたか、佐和紀。熱烈なラブコールだ」

ふざける周平を、佐和紀は笑って睨んだ。

「おまえがアレコレと厄介なのに手を出してるのが悪いんだろう」

「そうか、コイツらの肩を持つんだな」

お仕置きだと伸びてくる手を払いのけ、佐和紀は意味もなくおかしくなって、ひとしきり笑った。

勝負にならないと三井が花札を放り投げる。石垣が差し出してくる湯呑みに口をつけて一息つき、佐和紀は周平の視線に笑い返した。大きな手のひらに頬を撫でられて、今度は拒まずに受け入れる。

「楽しいんだな」

安心した声に優しく確かめられて、佐和紀は戸惑いながら微笑んだ。

庭の椿がまたひとつ、土の上に落ちるより早く、二人はくちびるを重ねた。

周りで舎弟たちがあーぁとため息をつくのを無視する。眼鏡が当たらないように交わすキスに、佐和紀は目を閉じなかった。それでも心の奥が燃えて、夜の暗さが待ち遠しくなる。

すべてを知っている周平がくちびるを離す瞬間に笑い、佐和紀は満たされた気持ちでゆっくりとまばたきをした。

冬が終わりを告げ、春が訪れようとしていた。

旦那の言い分

顔を覗《のぞ》き込むのは、その瞳《ひとみ》に、自分が映っているのを見たいがためだ。

わずかに目をそらした後で伏せたまつげをゆっくりと上げる佐和紀《さわき》は、自分の仕草が人に与える影響についてまるで無頓着《むとんちゃく》だ。考えたこともないのだろう。白皙《はくせき》の頰《ほお》に潤んだ瞳。外気にさらされたくちびるを潤そうと出てくる舌先の動きに、周平《しゅうへい》は知らず知らずのうちに煽《あお》られる。

いまさら、こんな気持ちになる日が来るとは思わなかった。佐和紀の存在感が比類ないからだと断定しなければやっていられない。外見は楚々《そそ》とした美人なのに、口を開けば汚い言葉を使うチンピラで、その上、子どもっぽい性格と刹那《せつな》主義を持ち合わせているアンバランスな男だ。

上等な種類の人間ではない。だからこそだろう。不完全さが魅力になる。

「周平、痛い……」

強く手首を摑《つか》んでいることに気づいても力は緩めない。そのまま佐和紀の背中にまわすようにして拘束する。引いたあごが右往左往と逃げ道を探し出したが、あご先を捕らえてキスをする。慌てて止めようとした佐和紀の手には戸惑いが滲《にじ》み、たいした抵抗にはならなかった。

そんなところが、佐和紀のかわいい弱さだ。そして、なけなしの強がりでもある。

周平は笑いながら、甘い吐息の漏れるくちびるを吸い上げる。

「んっ……はっ」

あごを掴んだ手を握る指が、震えていた。

「寒いのか？」

拘束していた腕を離して腰を抱き寄せると、背中を木の幹に預けた佐和紀が不満げに睨《にら》んでくる。ここは大滝《おおたき》組組長の自宅の敷地内だ。整備された広い庭には遊歩道があり、そこを少しはずれると高木低木に囲まれた死角がいくつも存在する。くれぐれもこういうことには使うなと『釘《くぎ》』を刺されていたが、刺した相手が『糠《ぬか》』だということには、組長も若頭もとっくに気がついているはずだ。

「こんなとこで」

文句を口にする佐和紀は逃げようとしない。そうしなければと頭ではわかっているのだろう。でも、キスの続きをして、暖かさを分かち合いたいと悩む気持ちに邪魔をされていることが、触れた指先の熱で伝わってくる。

日向《ひなた》の暖かさと比べて、日陰はまだまだ冬の気配が濃い。着物姿の佐和紀を腕に包《くる》むようにして抱き寄せる。ほんのわずかに緊張した肩から、すぐに力が抜けていく。そういうところがたまらないのだと、周平は思う。

他の誰《だれ》が同じことをしても、こんな気持ちにはならない。不思議なぐらい佐和紀は特別だ。

初めて会ったのは、一ヶ月前。

周平の披露宴で、金屏風《きんびょうぶ》の前に並んで座った相手。それが佐和紀だった。男のくせに白無垢《しろむく》の花嫁衣裳を着ていたのが印象的だったから、周平の中では白のイメージが強い。披露宴の後、初めて言葉を交わした初夜の布団の端でも、佐和紀は真っ白な羽二重を着ていた。

「温めてやるよ」

耳元にささやくと、腕の中の身体《からだ》はおもしろいほど反応して震える。

「い、らないっ……。寒くなんか」

ない、と言われる前にくちびるをふさいだ。そして羽織の中へ指を入れる。

そこにあるはずの乳首を探ると、佐和紀の身体がビクッと跳ねてこわばった。乳首を見つけるのがかわいそうになる反応だったが、やめるわけがない。緊張の後にくる弛緩《しかん》が快感になることを周平はよく知っている。布地の上から、ふくらみのない胸を揉《も》む仕草をすると、

「あっ、はっ……！」

息を詰めた佐和紀が首を振る。柔らかなシャンプーの匂《にお》いが周平の鼻先をくすぐり、う

かつに触れると仕掛けている側が暴走しそうになる。顔を隠して眉《まゆ》をひそめた周平は、奥歯を嚙《か》んで感情をやり過ごした。

チンピラであるはずの男が持っている色気は、踏み荒らされたことのない高嶺《たかね》の花の風情で、どこか上流階級の人妻と似ている。触れれば簡単に落ちそうなのに、その実、自尊心の強さが崩しにくい。そこを暴力的に制圧しようと猛《たけ》ったりすれば、劣等感に足をすくわれる。高嶺の花は手折られた後も決して傷つかないからだ。

本当にモノにするには、土から丁寧に掘り出して根ごと奪い去るしかない。周平にはそんな人妻たちを利用して捨ててきた手管がある。それが佐和紀にも効くだろうかと、冷めた頭で考えながら腰を近づけて、足を踏み込む。膝《ひざ》を割り込ませると、佐和紀が胸を押し返してきた。

「何、考えてるんだよ」

乱暴なようでいて、その動きは繊細だ。

「さぁ、なんだと思う？」

しらじらしく答えると、勝ち気な瞳が周平を射抜こうとしてくる。中性的な美貌《びぼう》の中でも佐和紀を男らしく見せているパーツだ。周平は頬を撫《な》でながら腰の昂《たか》ぶりをわざとらしく押しつけた。

反応に困る態度が初心《うぶ》だ。佐和紀も本心では嫌がっていないのを確認してから、二人の間に手を忍び込ませ、指先で折り重なった着物の裾《すそ》を乱す。

「寒いからやめろって……」

手首を引き剝《は》がそうとする力が強くなった。そこは越えたくない一線ということだ。本気で嫌がり始めているのを悟って、だからこそ、いっそう指を潜らせた。

長襦袢《ながじゅばん》の中で、素肌に行き当たるはずの指が厚みのある生地に触れる。

「色気、ないな」

絶対に股引《ももひき》だ。ラクダ色を想像させてしまうあたり、恐ろしく周平の気分を削《そ》いでいる。

「だから、寒いんだって言ってるだろ。元から色気なんて、ない」

周平の手を振り払い、パパッと裾を直した佐和紀は襟元を指でしごきながら断言する。

「かわいくないな」

口調では冷たく言い放ったが、周平の心の中は正反対のことを考えている。

出会いからは想像できない結果だ。

「うるさい。男がかわいくても意味ないだろ」

怒ったように肩をいからせて、佐和紀はわざとらしく強引に周平を押しのけた。庭の遊歩道に戻ろうとする手を引くと、佐和紀が肩越しに振り返る。

一目惚《ひとめぼ》れじゃなかった。金屏風の前で手の甲に落ちた涙にはがっかりさせられ、初夜のときも同じだ。身を売ってでも組を守ろうとするなら、からかわれて逃げるのは覚悟が軽い。

かわいそうな人間なら掃いて捨てるほどいる。佐和紀の考えは浅はかで、そういうところがチンピラのレベルだ。それなのに、引き寄せるつもりの手を緩める自分を周平は自覚する。

今までなら自分が征服したと思えるまでどんどん踏み込んでいって、身体の奥にひそむ肉欲を引きずり出し、嘲笑《ちょうしょう》しながら見せつけるぐらいのことは平気でやれた。相手のアイデンティティが揺らいだところで、なんの罪悪感も感じない。なのに、佐和紀が相手だと躊躇《ちゅうちょ》するのだ。

しようとは思う。その隙《すき》だって山ほどある。それなのにできないのは佐和紀が無意識だからだ。天然で駆け引きをしてくるところを、最初はおもしろいと思った。

誘うような仕草をするから、乗ってやろうとすると、スッと引く。かと思うと、今度は物言いたげな視線で押していかないことを責める。百戦錬磨の猛者《もさ》だった周平が、目の細かい網でがんじがらめにされたのは油断があったせいじゃない。佐和紀が見せる無欲の純粋な勝利に過ぎない。見守っているはずが翻弄《ほんろう》され、焦《じ》らしているつもりでお預けを食らわされている。

「もう、やめろって」

首に絡めた腕から逃れようと身をよじる佐和紀を、もう一度、暗がりに連れ込みたくなった。嫌がりながら、その全身で求めているのがわかるからだ。

「少しだけだ」

「少しで済んだためしがあるのかよ」

遊歩道へと後ずさる身体を追いかけて抱きしめる。うっ、と息を呑《の》んだ後、しかたなくあきらめてやるという素振りで佐和紀が身体の力を抜いた。

腕がさりげなく周平の腰にまわり、スーツの裾を摑む。

「股引ぐらいで萎《な》えると思うなよ」

頰を預けることに戸惑う耳へささやきを流し込むと、力の抜けた身体がぶるっと震える。いちいち反応がいい。耳の裏側へ、鼻先をすりつけるようにしてキスをすると、佐和紀は伸び上がるように首筋をそらした。

いつも本当に『少しだけ』で済んでいることを、そのうちに知るだろう。『この先』はもっと長い。嫌がりながらも押し切られる佐和紀を想像すると、周平の胸の奥がじりじりと焼けつくように焦れた。腰あたりに集まる血液を持て余す感覚さえ懐かしいほど久しぶりだ。結婚前なら適当に誰かを呼び出して発散していた。それが今となっては気晴らしにも感じられない。

「萎えろよ……」

つぶやく佐和紀がかすかに腰を引いて逃げる。接触するだけで昂ぶるのは、何も周平だけじゃない。わかっているから、今日のところは追いつめずに見逃した。

宙をさまよっていた視線がやがてふわふわと戻ってくる。そうなると、佐和紀はもう迷わない。まっすぐなまなざしに、今度は周平がたじろぎそうになってしまう。結果、今日も大負けだ。相手に何かを言わせるよりも先に、くちびるを寄せてキスをした。

そうしたいと思う自分の欲望が抑えきれない。せめてそれぐらいは自由にさせてやらないと、色事に慣れた身体は内側からおかしくなってしまうだろう。

「……」

控えめなキスでくちびるを味わい、褒め言葉を口にしようとした周平はそのまま言葉を呑み込んだ。何を言っても陳腐だ。それがいいときもあるが今は違う。親指でくちびるをなぞると、身じろぎひとつしないで目を伏せた。この短い逢瀬《おうせ》を、佐和紀なりに楽しんでいるのがわかる。

「おとなしく遊んでいろよ」

周平は声をかけた。いつまでも眺めていたたい美貌でも、すべてが男だ。額も凜々《りり》しい眉も、強気な瞳も、痩《や》せた頬も。なのに、まつげの震えにさえ色気があって胸騒ぎがする。

「身体がなまるんだよなぁ」

そんなことを答える佐和紀は、今まで弄《もてあそ》んできた人妻たちと似た風情を持っていても根本的なことが違っている。一人で立つことに心細そうでありながら、本心ではそんなことをまったく苦にしていない。今はまだ、慣れ親しんだ組を離れた不安と自分の日々の暮らしに起こった変化に戸惑って頼りないが、すぐに自分を取り戻すはずだ。

　生活に追われることもなく、男に抱かれて見つめる人生がどんな変化を生むのか、それは周平にも想像はつかない。でも、佐和紀は佐和紀のままでいるだろう。自分の力で未来を選ぶと思う。

「だからって街でケンカするなよ。組の名前に関《かか》わる」

　肩を抱いて、離れへの道を促した。素直に歩き出した佐和紀の手は行き場なく揺れて、自分の両袖の中へ腕組みするように逃げ込んでしまう。まだまだ恋事にもセックスにも不慣れな相手だからこそ、周平は慎重になる。自分との交わりが佐和紀を思わぬ方向へ運んでいくのだとしたら、とことんまで抱きたい欲求のまま振舞いたくない。

　周平にとってセックスはスポーツの一種で、ただ愉《たの》しむだけのものだと思ってきた。それは真実だと確信している。だけど、その一方で、繊細な交歓行為の側面もあると信じたい自分も否定できない。失った堅気《かたぎ》の名残だ。色事師と呼ばれるほどセックスを軽視して対象を征服することに耽溺《たんでき》してきたからこそ、その幻想だけはずっと胸にあった。

　こんな想いを満たす人間が現れることは想像もしなかったのだ。もう二度と現れない。人生にきっと一人きりだ。一人きりであって欲しいと思う。だからこそ、佐和紀は特別だ。意思の強い佐和紀の人生が彼自身のもので、周平の干渉を許さなくても、その裏にある生活は別物だろう。ゆっくりと回数を重ね、自分のセックスで変わる佐和紀に、変えられていく自分のことを考える。仕込むつもりで挑んで、いつか覆されるのだ。約束された甘い敗北に周平は身を委《ゆだ》ねた。

あの夜、椿《つばき》の花のそばでしゃがんでいた佐和紀に声をかけたときから、もうずっとそうだ。子どもっぽい行為だとバカにしながら、絶対的な信条を譲れない佐和紀が眩《まぶ》しかった。他人の目を気にしない愚直さが、昔の自分にあったならと考えずにはいられなかった。

どんなに勝利を重ねていても、たった一瞬ですべては崩壊する。それは知識として知っていた。そうならないようにしてきたつもりでもあった。

だけど結局、そんな自己防衛はなんの意味も持たない。佐和紀が何をしたわけでもないし、何かが圧倒的だったわけでもなかった。佐和紀はただ現れただけだ。そしてなんの媚《こび》もてらいもなく振舞い、周平の人生の自負を打ち崩してしまう。今はまだ大きな山の一角を切り崩しただけに過ぎなくても遠からずすべてがそうなるだろう。

腕の中の肩を強く抱き寄せて、周平はのどかに降りそそぐ春の気配に目を細める。庭に咲いた梅の香りが、佐和紀の着物の匂いと混じっていた。

花に気づいて足を止めた佐和紀は、振り向いて顔を歪《ゆが》める。思わぬ近さに驚いたのだろう。

「綺麗《きれい》だな。ここの庭って飽きない」

組長が聞けば大喜びすることを口にした佐和紀の髪を指に摘《つま》んで、くちびるを寄せようとして逃げられる。

「聞いてるのかよ」

「うん？」

適当に首を傾《かし》げると、眉根がぎりっと絞られる。怒った顔も凛々しくて綺麗だと、言えない言葉を呑み込んで、周平は梅の花に目を向けた。

結婚して法的には手に入っているのに、佐和紀はまだまだ遠い。ゆっくりとたぐり寄せて、ゆっくりと絡めていく。それが自分から縛られていくことにもなると思うと、心が浮き足立つ。

「おまえって、ほんっとうに何考えて生きてるんだろうな！」

佐和紀が怒ったようにあきれている。

「なんだろうな。セックスとかフェラチオとか、かな」

「ふざけんな、バカ！」

佐和紀がさらに逃げた。どんどん先に行って、曲がり角の手前で立ち止まる。

「そうか、そこで待つのか」

聞こえないようにつぶやいた。不機嫌な顔で土を蹴《け》っている佐和紀へとゆっくり近づく。

いつかは自分から待ち構えて手を差し伸べてくるはずだ。つま先立ってキスをねだる日も来る。

「何、にやにやしてんだよ。気持ち悪いな」

そう言いながら、並んで歩き出す佐和紀の指がスーツに触れる。かすかに撫でて離れていく。

結婚というゴールから始まるこの感情が恋だと、今は周平だけが知っている。けれど、それは優位に立っている証拠ではない。待つことはせつなく、じれったい。そこに至るまでに相手が逃げてしまうかも知れない怖さもある。

周平は顔を伏せてくちびるの端を歪めた。佐和紀の指に触れて、少しだけ掴んで離す。手を握ることは簡単だ。ただ握るだけなら誰が相手でもできる。簡単じゃないと感じるのは、その先にキスをしたい感情があり、抱きしめたい衝動があるからだ。こらえて、また触れる。佐和紀はからかわれていると思っているだろう。手練《てだ》れた男の胸にある痛いほどの抑圧など気づきもしない。

佐和紀が無意識に振りまく色香のあどけなさに、周平は心を乱されたままで歩いた。二人が暮らす離れが近づくと、どちらからともなく歩調が遅くなり、そして自然と足が止まる。くちびるが重なった。周平が引いたのか、佐和紀が寄ったのか。

それはもうわからなかったし、どっちでもいいことだった。

赤い糸

雨がフロントグラスを叩《たた》き、運転席に座った周平《しゅうへい》はハンドルにもたれた。大滝《おおたき》組所有のセダンの中に一人きりだ。エンジンを切った車の中はしんしんと冷えていたが、コートを着た身体《からだ》は寒さを感じなかった。

ため息もつかず、雨の雫《しずく》が滑り落ちるのを見つめる。その向こうに記憶が甦《よみがえ》り、眼鏡《めがね》をかけた周平はじっくりと目を細めた。

佐和紀《さわき》の怒りと、病室で面会したこおろぎ組の松浦《まつうら》組長。それぞれの姿がうすぼんやりと交錯して、物憂い気持ちでうつむいた。ハンドルから身体を離して、シートにもたれる。タバコに火をつけて、静かに煙を吸い込んだ。

佐和紀にとって、松浦組長は『人生そのもの』かも知れない。松浦組長にとっても佐和紀は『息子同然の存在』だ。その文字面だけ取れば、二人はとてもいい関係に違いない。周囲もそう見ていただろう。

でも、周平は気づいてしまった。病室に置かれていた花嫁衣裳の佐和紀の写真。そして、佐和紀のことを話すときの松浦の口調。

本人さえ意識していない感情を周平が読み取ったのは、佐和紀のことを知るために松浦と会ったからだ。彼を見れば、調書を読むよりも確かに、佐和紀のことがわかると思った。

自分の胸の内に芽生えた気持ちが恋であるかどうかより先に、あの強がりで単純で、驚くほど幼い心の男をどうしてやるのがいいのか。そこに答えを出したかった。

そうでなければ、懐へ招き入れることさえできない。

どこへ置いていても、口説き落とす自信はある。だからこそ、佐和紀にとって一番いい場所へ落ち着かせたい。

タバコの煙が車内に広がり、周平は小さく舌打ちをする。

松浦にとって、『息子』とは、思い通りにできる身内という意味だ。あの日の佐和紀の孤独を想像もしないから、綺麗《きれい》だと喜んで白無垢《しろむく》の写真を枕元《まくらもと》に飾る。

初夜の夜に周平に抱かれ、汚されていたとしても同じだっただろう。佐和紀の覚悟も苦痛も、おしろいの花嫁化粧さえ、忠義の証《あかし》だと思っているのだ。

ひどいと言えた義理じゃないが、ヤクザらしい考え方には嫌気が差す。自分も散々してきたからなおさらだ。佐和紀もまた、そこへどっぷりと浸《つ》かって、組長のために身体を売ろうと意気込んでやってきた。

いっそ抱いてやればよかったと思いながら、周平はまた物憂く沈んだ気持ちになる。

すべてから引き剝《は》がして閉じ込めて、自分だけのものにしてしまいたい欲望が心に兆す。甘い言葉と激しいセックスを駆使すれば、あれぐらいの相手はいともたやすく支配できる。

でもそれは、佐和紀自身を作り変えてしまう行為だ。

抱こうとしてできなかった夜を思い出し、周平はタバコを吸う。

周平が松浦を訪ねたと知って激怒した佐和紀の顔が脳裏に浮かび、苦々しい気持ちでタバコのフィルターを噛《か》んだ。胸の奥がぎゅっと痛み、答えを出すまいとしていた自分を自嘲《わら》う。

自覚すれば楽になれる。だとしても、周平はまだ、この感情を受け入れたくない。

そもそも恋なんて感覚は、捨ててしまったはずだ。遠い過去の、淀《よど》んだ苦しみの中で、見るも無残に汚れきってしまった。

あんな思いを、佐和紀とは共有したくないと考えながら、周平はタバコを消して車から降りた。冷たい雨が頬《ほお》に当たる。佐和紀を迎えに行くために、木造の長屋へと足を向けた。


どうやって連れて帰ろうかと、周平なりに悩んで向かい合う。怒らせたのは自分だ。心無い言葉も口にしてしまった。

いろいろ作戦を練ってきたが、さびしそうな佐和紀の顔を見た瞬間、すべてが吹き飛んだ。自分の実家へ迎えに来る旦那《だんな》を、ただただひっそりと待っていた佐和紀は、ほんのわずかに瞳《ひとみ》を潤ませた。それから、拗《す》ねた口調で文句ばかりを言い連ねる。

そのひとつひとつを言いくるめ、さっさと濃厚なキスをしてしまえば、その場でだって抱くことはできた。頭の中ではあれこれと想像したが、どれも実行に移せないまま、来るはずの迎えが遅いとへそを曲げている佐和紀を見つめる。

言葉の裏にある、ひんやりとした孤独が、松浦との関係を想像させ、周平は言い分を素直に受け止めた。悪かったと謝りながら、俺なら、と思う。

嫌がることは何ひとつさせないのに、と思い、松浦や岡崎《おかざき》や、今までそばにいただろう男たちとは違う世界を見せてやれると、かき口説きたくなる。

でも、周平の想いは空回りした。あとはもう、キスするタイミングだけを待つばかりだ。

奪うような激しいものではなく、くちびるを触れ合わせる、子どもだましのキスがしたかった。それが、佐和紀にとって経験のないキスだと、なぜか周平にはわかる。それこそ、周平が見せてやれる、新しい世界の一片だ。

優しく触れるキスの後、佐和紀はぎこちなく言った。

「俺は、あんたのことが、たぶん好きだと思う」

戸惑い混じりの告白に、周平の胸の奥は引きつれた。きりきりと痛みが走り、無意識に感情と距離を置く。

「愛してるよ」

と答えた瞬間、周平は自分が『しくじった』ことを悟った。

もっと丁寧に噛み砕いた言葉を重ねた方がいいと訴える自分を無視して、いつものカッコをつけた自分を演じ続けてしまったことだ。

それでも、今の自分がヤクザになってからの『岩下周平《いわした》』でないことは明白だった。

「佐和紀。松浦組長がひとつだけ心配だって言ってたよ。おまえは欲がなさすぎるって」

毛布に身を包んだ佐和紀を引き寄せ、身体全体を使って覆うように抱く。

「俺が欲しいか、佐和紀」

答えを求める振りをして、周平は何も求めなかった。

愛しているとカッコをつけた『しくじり』を見逃したまま、手慣れた態度で佐和紀を誘導する。

周平に向かって松浦が口にした言葉は、真逆の意味だった。

親である自分を守る以外に佐和紀は欲を持たないと、佐和紀のすべてを支配しているつもりの男は言った。

たとえ、周平が佐和紀を抱いて、その手管に佐和紀が溺《おぼ》れたとしても、自分の一声で呼び戻せると思っているのだ。周平に惹《ひ》かれている佐和紀の気持ちを知った上で、泣いて帰るのを手ぐすね引いて待っている。

そのときにはきっと、ほどよく仕上がった身体を岡崎にくれてやり、佐和紀の忠誠心は冥途《めいど》の果てまで連れていくつもりだろう。

佐和紀の心を得るには、悪くない方法だ。恋仲になる難しさを思えば、誰《だれ》かに傷をつけさせる方がいくらも楽だろう。男女と違って男同士は、強姦《ごうかん》しただけで愛人関係になれるわけじゃない。

外見ばかり大人びて美しい佐和紀を抱き寄せて、周平は小さな子をあやすように口説き始めた。愛しているの一言さえ、まっすぐに理解できない相手だ。周囲が期待しているような傷をつけたくない。

今度はしくじらないように、佐和紀の胸に届く言葉を注意深く選んでいく。開きかけた蕾《つぼみ》を真綿で包《くる》むように、周平はゆっくりと時間をかける。和服の下に穿《は》いている股引《ももひき》にもめげなかった。

結婚してからずっと焦《じ》らされた身体を持て余した佐和紀は、周平のアプローチにじわじわと追い詰められ、目元を赤く染めながら「帰りたい」と口にする。

その言葉を待っていた周平は、大人の素振りで受け入れた。

そして、初めてのセックスは思いのほか激しかった。

なのに、後戯もそこそこに逃げ出した佐和紀は、過度に恥ずかしがるでもなく、事後のタバコに火をつけた。一服を終えた美人は、タバコの匂《にお》いをさせ、周平の顔を覗《のぞ》き込む。

「浮気したら、殺す」

まっすぐな言葉に周平は真顔になったが、口にした本人は艶然《えんぜん》と微笑《ほほえ》んだ。抱いてモノにしたつもりになっていた周平は、事実が反対であることを悟った。

モノにされたのは、自分の方だ。

熱烈に繋《つな》がったことで自信を得た佐和紀が身体を投げ出してくる。まだ興奮が尾を引いている証拠だ。冷めれば、理性が戻って恥ずかしがるだろう。

だから今のうちにと思い、身体を抱き寄せて、くるりと布団の上に押し倒した。

周平がつけたばかりのキスマークが、健康的な白い肌の上に散っている。指で追いかけ、くちびるでたどると、佐和紀はぎこちなく身体をよじらせた。

理性を飛ばすほどの勢いもなく、現実に引き戻され始めているのだろう。周平はあえて顔を見ずに肌を撫《な》でた。

佐和紀の興奮に煽《あお》られて、がっつくようなセックスをしてしまった恥ずかしさが、周平の中に込み上げる。こんなつもりじゃなかったと悔やむ自分に気づいて笑うと、佐和紀が戸惑ったように身をかがめた。

「な、に……」

「うん？」

「笑った、から」

答えた瞬間から、佐和紀の身体は硬くなる。性的な行為に慣れていないのは、男同士だからということばかりが理由じゃない。

こおろぎ組の幹部たちとの援助交際モドキの関係を続けてきたというが、程度も知れるというものだ。機械のような行為だったに違いない。

一瞬でも支配したいと思っていた幹部たちの方がかわいそうになる。

「……自分自身に笑ったんだ」

閉じている膝《ひざ》を開かせると、佐和紀は自分の股間《こかん》を慌てて隠した。

「見たばっかりだ」

「い、嫌だ……」

「だから、もう見たって言ってるだろう」

周平の視線から性器を隠した佐和紀は、手を動かし出す。ふいにひらめいた周平は、手首を摑《つか》んで引き剝がした。

眠った状態の大きさを見られたくないのだ。

「使えば、大きくなる」

まだ準備のできていないそこは、恥ずかしさでいっそう縮みあがっている。顔を背けた佐和紀が逃げようとするのに気づき、腰を摑んで戻した。

「日本人のほとんどは、かぶってるんだから気にするな」

周平の言葉をからかいだと思ったのだろう。綺麗な形の眉《まゆ》を吊《つ》り上げた佐和紀は、動物のように唸《うな》り声をあげる。

「怒るなよ」

「だって、おまえは……。使いまくった感じ、してる……っ」

いきなり身を起こし、刺青《いれずみ》が入った周平の肩をバチンと叩いた。そのまま、ムッとした顔で睨《にら》まれ、視線が逃げていく前にあごを摑んだ。

「……その使い古しを、今までで一番の大きさにしたのが、おまえの身体だよ」

すぐに顔を離し、佐和紀の足の間に視線を落とした。握ると柔らかく、だぶついた皮の先端が濡《ぬ》れている。

「苦しかっただろう。……がんばったな」

「どこに、言ってんだよ」

不機嫌な声で言われて顔をあげる。視線が合うなり、佐和紀は肩を大きく震わせた。手のひらに包んだ肉が芯《しん》を持つ。

「おまえに言ってるんだ、佐和紀」

見つめたまま、逃げ惑う視線を執拗《しつよう》に追いかける。

「ここで感じる気持ちよさを……、教えてやる」

声は思うよりも甘く響き、岡崎にも触らせたことのある場所だと思う周平の指は、意地悪く動いた。わざとらしく皮を動かして、大きくなり始めた中の肉をこする。

「んっ……」

後ろ手に身体を支えた佐和紀は、しばらく視線をさまよわせてから自分の股間を見据えた。怒ったような表情なのは、恥ずかしさのせいだろう。

「……俺、あんまり硬くならないから」

「さっきは勃起《ぼっき》してただろう」

「勃《た》つ、けど……」

周平の指の動きにドギマギとしながら、佐和紀は消え入りそうな声で言う。

受け入れることばかりに必死だった佐和紀の痴態を思い出すと、周平の腰はそれだけで熱を持つ。佐和紀の視線がそこに釘付《くぎづ》けになった。

それはそれで悪くなかったが、見られすぎると触らせたくなる。自分の欲望をこらえた周平は、佐和紀の意識をそらすため、皮をゆっくりとおろした。

先端を露出させると、佐和紀は怯《おび》えるように身を引く。

「……痛いから、嫌だ」

「一人でしたことはあるんだろう」

「でも……」

続きを言わないのは、早く済んでしまうからだろう。

そこがほとんど使われていないことは、触ってみればすぐにわかる。快感に弱いなんてものじゃない。

触られ慣れていなくて、敏感すぎる。

「ちょっ、と……。待って……」

「任せていれば大丈夫だから」

「じゃなくて、ほんと……っ」

皮ごと摑んでしごくと、そのひとこすりごとに佐和紀は震えた。足先が痙攣《けいれん》するように動くたびに、股間は大きくなっていく。

驚いたように目を見開いた佐和紀が腰を引いた。

「い、いやだ……」

「痛いからか」

「なんか……。だって……」

「もう気持ちがいいんだろう」

ずいっと近づいて、佐和紀の両足の下に膝を入れる。背中を抱き寄せると、佐和紀は困ったように周平の腕を摑んだ。

「首にしがみついていればいい。無茶はしないから」

どれだけ経験がないのかと、内心では驚いたが、表には出さない。

ローションを引き寄せて、手のひらに取り、温めてから佐和紀へと塗りつける。それだけで、佐和紀の肉はびくびくと脈を打って膨らんでいく。

「んっ……ん。痛い……」

周平の肩に摑まった佐和紀が小声で言う。快感と怯えの間を行ったり来たりするさまは純情そのもので、性的に爛《ただ》れている周平の胸を掻《か》きむしる。

「この前は平気だったじゃないか」

ゆるやかに手筒を動かしながら耳元へささやくと、佐和紀はぶるぶるっと大きく震えた。

「いつもより大きくなってるんだな」

半勃起の状態が最大だと思ってきたのだろう。それは、股間そのものも同じだ。パンパンに張りつめるまでいかず、少しずつ容積を増やす。伸びた皮膚に細い筋が浮かんだ。

それが、慣れない佐和紀に痛みを感じさせる。

「知らない……っ。そんな、の……。あ、ぅ……ッ」

これまでも丁寧にされたことはないのだろう。佐和紀が痛いと言えば、男たちはすぐに射精を促す動きになったのかもしれない。

「キスするか、佐和紀」

誘いをかけたが、

「しないっ」

肩のあたりで髪が揺れる。くすぐったさに笑いながら、周平はますます大きく育つ佐和紀をしごいた。外側の皮が根元まで下がり、肉を包んだ薄皮がパンパンに張る。

先端をぎゅっと摑むと、佐和紀が小さく叫んだ。

慌てて力をゆるめる周平の顔を覗き込み、怯えて首を振った。

「痛いから……本当に、嫌だ」

助けを求める瞳のいじらしさは、本当なら挿入される瞬間に見せるものだろう。性器をいじられただけで見せる表情じゃない。

だからこそ、かわいそうに思う気持ちも芽生えたが、他の男には見せなかったはずだと確信する周平は止まれなかった。遅かれ早かれ、いつかは触れる場所だ。

快感を教え込んで、男にしていく。それは自分の役目で、そして特権だ。

「痛くない」

周平が言うと、佐和紀は殺気立った。

「痛いんだよ！」

「どんなふうに」

「いっぱいいっぱいっていうか……。なんか……ぱんって弾《はじ》け、そう……」

「それはおまえ、出すところだからだ」

言いながら手筒を動かすと、二人の間からニチャニチャと音が立つ。

「んっ、んっ」

弱音を噛み殺し、佐和紀は眉をひそめる。根元から中ほどまでの愛撫《あいぶ》には、甘い鼻息が漏れた。

弱いのは、先端だ。痛いほどに感じているのだと思うと、たまらない。

「んっ……はっ、ぅ……」

気持ちよさそうな声を聞かされ、このまま一気に追い込みたい気分になる。痛がっているのを組み敷いて、無理やり絞るのも悪くはない。

でも、きっと機嫌が悪くなるだろう。それは不本意だ。どうせならたっぷりと甘く喘《あえ》がせて怒られたい。

だから、柔らかく両手で包んで、片方の手のひらを亀頭に押し当てた。包み込みながら、やわやわと愛撫する。

「あっ、あっ……ん。いた、い……」

言葉と声がミスマッチを起こしている。本当は快感を得ているはずだ。気持ちいいのがこわいだけなのに、佐和紀が表現すると『痛い』になる。

そういえば、男たちの前で激しく喘がずに済むからだ。やり過ごしの技だと思うと、周平はイラついた。でも、誰かの手で感じまくっているのも想像したくない。

「出そう、って言えよ。射精したいんだろう」

「んんっ……あっ、あっ」

佐和紀の腰がゆらゆらと揺れる。ほんの少し強めにこすると、痛いと訴えてくる声は甘く途切れ、本人の気持ちと身体はますます離れていく。

いつかは、これが痛みでないことを知る日が来る。もっと心が寄り添ったら、快感のままに我をなくしていく悦《よろこ》びも覚えるはずだ。

それはまだ先でいい。心を置き去りにして身体ばかりを繋いでしまったら、松浦の一声に勝てなくなってしまう。親を裏切らせるつもりはない。でも、佐和紀を手放すつもりはないから、一番初めに結ぶ絆《きずな》は確かな方がいい。

作っていきたいのだ。これから先の関係を。

佐和紀と、家族になりたい。

漠然とした物思いを頭の隅へと追いやり、周平は浅く息を吸い込んだ。佐和紀を握った手を、優しく動かした。

震えるように痛がる佐和紀の声は、手をゆるめると不安そうな喘ぎに変わる。してくれと言えない不器用さを追い詰めず、露《あら》わになった首筋を吸い上げた。

「あっ、あっ……っ。ん、んーっ」

佐和紀の息が激しく乱れ、肩をぎゅっと摑まれる。指の腹が周平の肌に食い込む。

「イキそうか？」

「も……。手は……ッ」

佐和紀の腰がぶるっと震えた。周平は手で包んだまま、動きを止めた。

「あっ、あっ……」

吐息を刻むように喘いだ佐和紀の腰は、ヒクヒクと前後に揺れ、手の内に熱い体液が溢《あふ》れ出す。摑んで搾り出そうとすると、慌てた佐和紀に止められる。

「嫌だ……。いや」

それしか言葉を知らないように繰り返され、周平はどうにもできなくなる。

はぁはぁと短い息を繰り返す佐和紀の身体はしっとりと汗ばみ、汗の甘酸っぱい匂いが周平の理性を揺さぶった。

「佐和紀……」

今にも襲いかかりそうな欲情をこらえて名前を呼ぶ。とろけた視線でぼんやりと見つめ返され、胸の奥が摑まれた。

「おまえの精液は熱いな」

くちびるをそっと合わせてから、ささやきかけて舌先で舐《な》める。佐和紀の目元がぎゅっと歪《ゆが》んだ。

愛の言葉も誘いの文句も知らず、快感を伝えることにさえ戸惑い恥じらう新妻を、周平は静かに見つめた。

雪の綿帽子をかぶった赤い椿《つばき》の木の下で、うずくまるようにしていた佐和紀は、行き場をなくしたかわいそうな生き物だった。『男』としても『女』としても中途半端に扱われ、都合のいい役目を押しつけられていることに気づきもせず、それ以外に生き方を知らないでいた。

守りたいとか、助けたいとか、そんなことは考えなかった。

それでも、冷たい雪の上に平然と立つ、その足が健気《けなげ》で、見た目以上に頑丈に思えて。

あれから、佐和紀を目の前にするたびに、周平の心の奥底は痛みを覚える。それが苦痛なのか、快感なのか。考えることを自らの意志でやめた。

答えを知りたいとも思わない。

今はただ、赤い糸の端と端をほどけないように固く結ぶだけだ。

親同然の組長のことも、兄弟だった男たちのことも、周平の腕の中にいる佐和紀はすっかり忘れている。その息づかいは甘く、そして静かに深い。

できるだけ長く、この腕の中に留《とど》まっていて欲しい。それだけを周平は願っていた。

あとがき

こんにちは。高月紅葉です。

『仁義なき嫁』シリーズの第一巻、ようやくの文庫化です。

今回の文庫化にあたり、「大幅改稿のラストチャンスでは……」と考えたのですが、結局、ほんの少しの手直しで留めました。

書き直せば、もっとわかりやすい物語になるのは当然なのですが、長いシリーズの始まりとしての初々しさをこのままにしておきたいと思いました。このシリーズは、電子書籍が初出です。プロットの段階ではシリーズものにするつもりはなく、そもそも、新人としてどうやって電子書籍界隈《かいわい》でヒットを出すかという、戦略調査の目的があって書いた作品でした。なので、いろいろなところに試行錯誤があり、戸惑いがあり、懊悩《おうのう》が詰まっています。それは作家側の思い出なのですが、それも含めて、文庫化してもこのままでと決めました。私も、佐和紀と周平のことを上っ面でしか知らず、読者も当たり障りない情報で読まされているわけですが、どうぞ、この先も読み進めてから一巻に戻ってみてください。

私も今回、久しぶりに始めから終わりまで、きちんと読みました。シリーズものっていいなと、心から思います。作品を書くとき、登場人物の人生にどの方向からスポットライトを当てるのか。それによって物事は形や意味を変えていきます。初めからすべてがわかっていたら、この物語は、この形にならなかっただろうと思うことが、『仁義なき嫁』シリーズにはたくさんあります。

登場人物でさえ気づいていない心の傷を『後出し』と言われてしまうと、生きていくのってつらいなと思うほどです。夫婦として暮らし始めて、戸籍が一緒になって、そうして初めて知っていく相手の本当の姿というものがあります。相手を異質に感じたとしても、寄り添う気持ちがあれば、やがて自分の価値観の中へ落ち着いていきます。夫も妻も、等しく相手から認められ、ひとりの人間として受け止められるべき存在だと思います。

佐和紀と周平も、巻を重ねるごとに、相手の存在を受け入れ、相手の存在を背負っていきます。まだまだ続く『仁義なき嫁』シリーズ、どうぞお楽しみください。

末尾になりましたが、発行に尽力くださった皆様に感謝します。

高月紅葉

＊仁義なき嫁：電子書籍『仁義なき嫁』に加筆修正
＊旦那の言い分：アズ・ノベルズ『仁義なき嫁』所収
＊赤い糸：書き下ろし

ラルーナ文庫

この本を読んでのご意見・ご感想・ファンレターなどお待ちしております。〒111－0036 東京都台東区松が谷1－4－6－303 株式会社シーラボ「ラルーナ文庫編集部」気付でお送りください。

仁《じん》義《ぎ》なき嫁《よめ》

2018年6月7日 第1刷発行

著　　者｜高月《こうづき》 紅葉《もみじ》
装丁・DTP｜萩原 七唱
発 行 人｜曺 仁警
発 行 所｜株式会社 シーラボ
〒111-0036 東京都台東区松が谷1-4-6-303
電話 03-5830-3474／FAX 03-5830-3574
http://lalunabunko.com
発　　売｜株式会社 三交社
〒110-0016 東京都台東区台東4-20-9 大仙柴田ビル2階
電話 03-5826-4424／FAX 03-5826-4425
印刷・製本｜中央精版印刷株式会社

 ISBN978-4-87919-019-2